아직도 살아계신가요?

아직도 살아계신가요?

초판 1쇄 인쇄일   2021년 10월 22일
초판 1쇄 발행일   2021년 10월 29일

글·사진   이승욱
펴 낸 이   최길주

펴 낸 곳   도서출판 BG북갤러리
등록일자   2003년 11월 5일(제318-2003-000130호)
주소   서울시 영등포구 국회대로72길 6, 405호(여의도동, 아크로폴리스)
전화   02)761-7005(代)
팩스   02)761-7995
홈페이지   http://www.bookgallery.co.kr
E-mail   cgjpower@hanmail.net

ⓒ 이승욱, 2021

ISBN 978-89-6495-230-6 03810

내가 찍은
살인의 좌표,
어디 한번
피해가 보시죠!

이승욱 추리소설

아직도 살아계신가요?

BIG 북갤러리

큰 병마와 싸우다 돌아가신 아버지께 이 책을 바칩니다.

5월 봄비가 내리는 어느 지하철역 주변. 늦은 시간 서둘러 집으로 향하는 우산 쓴 몇몇 사람들과 간간이 지나치는 차들이 그 적막함을 더해주고 있다.

그중 셔터가 내려진 어느 점포 구석 작은 틈 사이로 비를 피해 남루한 모습의 두 노숙인이 서로 마주 앉아 안주도 없이 술을 병째 마시고 있다.

그런 노숙인들의 모습을 어두운 곳에서 지켜보고 있던 한 사람. 그는 미리 준비한 소주와 안주를 들고 천천히 노숙인들 앞으로 걸어가고 있다. 그는 검은색 모자를 쓰고, 검은색 우비를 입었으며, 검은색 장화를 신었다.

잠시 후, 그들과 가까운 거리에 도착한 검은 옷을 입은 사람은 주변을 살피며 짧게 고개를 좌우로 돌려 무언가를 확인한다. 그런 모습을 자신들이 있는 곳에서 확인한 노숙인들은 날카로운 눈빛으로 낯선 사람을 경계한다.

"하하하, 안녕하십니까?"

손에 들고 있는 술과 안주를 꺼내어 그들에게 보여준다. 그러자 두 노숙인은 지저분한 겉모습과 낯빛을 그대로 드러낸다. 누군지 모르는 낯선 남자 목소리가 마음에 들지 않았는지 여러 번 주의를 기울이며 그를 쳐다본다. 그러나 그가 들고 있는 것들을 확인하자 이내 짧았던 경계심은 곧 해제된다.

얼굴에 옅은 미소를 띠며 그 낯선 남자에게 말한다.

"여기 앉으쇼, 비 오니깐!"

그리고 다음 날.

"뉴스를 알려드립니다. 어제 늦은 밤, 서울 한 지하철 입구 상가 앞에서 두 명의 노숙인이 입에 피를 토한 채 시신으로 발견되었습니다. 경찰은 주변을 조사하며 이들의 죽은 사인을 밝히기 위해 수사에 나섰다고 합니다."

─ 그 시간 사건 관할경찰서 강력계 ─

"이봐, 백시현. 현장 주변 CCTV 찾아서 확인은 했나?"

잔뜩 얼굴을 구기며 박형규 형사가 묻는다.

"하기는 했는데……."

고개를 짧게 돌이질 한다.

백시현의 시원치 않은 모습을 본 박형규는 "에이 씨팔, 이거 장기전으로 들어가겠구먼." 하며 들고 있던 서류를 자신의 책상 위에 내던진다.

"목격자도 없고, CCTV도 안 나오고, 지문도 없고, 아무런 단서도 없는데 그럼 뭘 가지고 범인을 잡아!"

그는 담배 하나를 꺼내 입에 문다.

그러자 백시현 형사가 얼른 창가로 가 창문을 활짝 연다.

"그 담배 좀 여기서 피우지 마세요, 반장님! 무슨 몸보신이 된다고 그 독약을 돈까지 주고 피우는지 도대체 알 수가 없군요……."

이 말에 박형규는 백시현을 살짝 쳐다본다.

"야! 웃기고 있어……. 누가 그러냐?"

"제가요. 요즘 TV에서 금연광고 못 보셨어요?"

어이가 없다는 표정으로 박형규는 백시현에게 말한다.

"하하하, 그 말을 담배 농사짓는 농부들에게 가서 해 봐라. 당장 그 자리에서 맞아 죽지. 담배 피우는 사람들은 애국자야! 애국자. 왠지 알아? 힘들게 번 돈으로 비싼 세금을 내면서까지 사서 피우는데. 그리고 담배 농사짓는 사람들도 먹여 살려주고 이 얼마나 큰 애국자냐!"

그러면서 그는 다시 한 개비를 꺼내어 입에 문다.

"이봐, 노숙자들 신원은 확인됐어?"

"예, 지문으로 확인한 결과 강원도 속초가 주소지입니다."

이 말에 담배 필터를 입에 문 박형규는 그것을 깊게 빨아 몸속에 축적된 연기와 답답함을 함께 토하려 고개를 살짝 올려 그것들을 뿜어낸다.

경찰들은 말한다.

세상 사람들은 뭐든지 단순한 일들이 더 쉽다고들 말한다. 하지만 범죄를 상대하는 그들에게는 반대 의견을 들을 수 있다. 그 이유는 단순한 사건들은 대부분 단순한 증거나 부족한 단서들만 있으므로 그만큼 찾아야 하고 밝혀내야 할 일들이 더 많아지기 때문이다. 이렇듯 이번 사건도 불특정 다수만을 노린 독극물 사건이라고는 하지만, 그 일을 풀어나가는 경찰의 고단함은 절대로 단순하지 않을 것이다.

"이봐 백시현 형사, 이 사건 언론에서 무지하게 떠들고 있는데 그 이유가 뭐야?"

담배 연기가 싫은 백시현은 그와 멀리 떨어져 한 손으로 자신의 얼굴에 부채질하며 말한다.

"그거야 당연한 일 아닙니까?"

"뭐가 당연해 이 사람아!"

박형규 형사는 삐딱한 표정으로 백시현을 쳐다본다.

"석 달 전 어느 여대생이 집에서 죽었습니다. 그래서 경찰이 부검을 해 보니, 치사량의 수면제 성분들이 나왔습니다. 평소 원한 관계도 없고 조용했던 성격이라 경찰에서는 단순 자살로 사건을 마무리

했었습니다. 그런데 반전이 일어났던 것이죠. 그 반전이란? 그 여대생의 친오빠가 자신이 죽였다고 양심선언을 한 것입니다. 그 오빠라는 사람이 아버지 몰래 돈을 훔쳤는데, 그게 동생에게 발각이 되자 입막음을 위해 다량의 수면제를 탄 음료수를 마시게 했다고 합니다. 경찰의 성급한 수사 결론으로 국민에게 지탄을 받은 일이 있었습니다."

이 말에 박형규는 코웃음을 친다.

"그래서 이번에는 얼마나 잘 잡아들이나 기대들을 하시고 있다, 이 말이군."

노숙인들이 죽었다는 뉴스 보도를 시청하고 있는 어제 검은 복장의 남자는 씁쓸한 미소와 함께 리모컨으로 TV를 끄며 살며시 두 눈을 감는다.

'그들이 살아서는 종속된 관심 밖의 대상이 되지만 저렇게 죽어서는 신통하게도 하나의 큰일인 것처럼 언론에서 떠들고 있구나. 죽어야만 관심을 받는 어려운 현실에서의 희생양처럼……'

– 그로부터 석 달 후 –

절도 전과 6범인 박준원은 지금과 같은 여름 피서철을 그냥 보낼 인간이 아니다. 며칠 전에도 성북동 한 부유한 집에서 현금과 귀금속 약 700만 원 상당을 훔쳤다.

본인의 직업인 도둑이라는 것을 스스로 각인시키듯 그렇게 물 만난 고기처럼 이곳저곳을 헤매며 빈집들을 찾고 있다.

8월 초 새벽 2시가 조금 넘었지만, 열대야로 인해 습하고 더운 날씨는 도둑질을 하려던 박준원에게 적지 않은 장애 요소가 되었다. 이미 여러 집을 염탐하려 담을 넘고, 때로는 개가 짖는 소리에 급히 그곳을 빠져나오려 전력 질주하며 뛰기도 했다. 덕분에 몸에서는 땀이 비 오듯 흐르면서 윗옷을 적셨고, 지금은 어느 집 어두운 주차장에 잠시 앉아 지치고 열이 난 몸을 천천히 식히고 있다.

"아이 씨, 이거 동네를 잘못 잡았어. 강남 쪽으로 갔어야 하는 건데. 여기 사는 인간들은 피서도 안 가나. 죄다 집집마다 사람들이 들어차 나 같은 놈이 들어갈 틈을 주지 않고 있으니⋯⋯."

그러면서 목이 마른 지 그는 자꾸만 입안의 침을 혀로 쓸어모아 목구멍으로 넘기고 있다.

그렇게 잠깐의 휴식을 끝낸 도둑은 그 자리에서 일어나 다시 빈집을 찾으려 주변을 어슬렁거리고 있다.

그러나 빈집을 찾아 헤매 이곳저곳 돌아다녀도 마땅히 들어갈 만한 집들은 보이질 않았다. 설령 들어갔다 해도 별 볼 일 없는 집이라 괜한 체력낭비만 했다.

"아, 목말라. 어디서 물 좀 먹고 싶은데⋯⋯."

좌우로 고개를 돌려 편의점 같은 곳을 찾고 있다. 그러나 박준원은 실망한 표정을 짓는다. 건조하게 말라버린 입안을 혀로 굴리면서 큰길 쪽과는 너무도 멀리 왔다는 생각이 들었다.

"아이, 씨발."

벽에 살짝 기댄 그는 주머니에서 담배 하나를 꺼내어 입에 물고는 불을 붙인다. 입이 바짝 마른 상태에서 담배 연기는 더욱더 목마른 도둑에게 더는 참을 수 없는 고통이었다. 겨우 한 번 빨아드린 담배를 바닥에 버리고는 왼쪽 발로 밟아 비빈다. 그러면서 눈앞의 높지 않은 담을 두 손으로 올려잡고는 순식간에 담을 넘어 조심스럽게 바닥에 착지한다. 주변이 조용한 것을 인지한 도둑은 일단 개가 없다는 것에 안도한다. 늘 그러했듯 주변을 조심히 움직이며 집 안으로 들어갈 문을 찾고 있다.

창문들은 방충망으로 모두 가려진 상태에서 열려 있다.

집 안으로 들어갈 현관문은 닫혀 있다.

도둑은 주머니에서 만능키를 꺼내어 그 현관문을 열려고 살짝 다가가 손잡이를 돌렸다. 그러자 문이 잠겨있지 않고 쉽게 열린다.

그러면서 다시 만능키를 주머니에 넣으며 옅은 미소를 띤다.

'이거 뭔가 조짐이 좋은데, 지금까지 고생한 보람을 여기서 받아 가야겠는걸.'

조심히 현관문을 돌려 소리가 나지 않게 자신의 몸을 집 안으로 들이미는 데 성공했다.

집 안의 거실에는 붉은색 취침 조명이 작은 불빛을 내면서 TV 옆에 켜져 있다. 바로 그 옆에는 사람 크기만 한 큰 시계가 좌우로 시계추를 움직이며 도둑을 맞이했다.

'뭐 훔쳐 갈 것도 없는 집구석이구먼, 싸구려 소파에 오래되고 철 지난 가전제품들 그리고 거실 구석에 있는 지금은 쓸모가 없는 깨진 둥근 어항. 하기야 내가 이 집에 뭘 훔치기 위해서 온 건 아니지만, 그래도 이왕에 힘들게 담을 넘어왔으면 돈 되는 뭔가가 있어야 하는데……'

'에이, 그냥 물이나 실컷 마시고 가야겠다.'

도둑은 주방에 있는 냉장고 쪽으로 살짝 까치발을 들며 이동했다. 냉장고 앞에 선 도둑은 오른손을 뻗어 소리 나지 않게 아래 칸 냉장실 문을 열었다. 그러자 냉장고 실내등이 켜지면서 내용물들을 잘 볼 수 있게 환하게 비춰주었다.

안의 내용물들을 천천히 둘러 본 도둑은 씁쓸한 표정을 지으며 짧은 한숨을 내쉰다.

'먹을 것은 별로 없고 큰 접시에 수북이 담겨 있는 아몬드. 뭐야, 이거……'

그사이 냉장고 안에서 시원한 냉기와 아몬드 향이 도둑의 더운 몸을 살짝 식혀주었고, 목이 마른 도둑의 갈증을 더욱더 목말라 하기에 충분한 유혹이 되었다. 순간, 열려 있는 냉장고 문짝에 음료수병으로 보이는 물통이 도둑의 눈에 들어왔다.

한 손으로 그것을 잡고 그 앞에 있는 오래된 식탁 의자에 앉았다. 음료수 뚜껑을 돌려 열려고 했으나 땀이 묻은 장갑이 미끄러지며 겉돌았다. 그러자 미끄러진 장갑을 자신의 이빨로 물어 벗어냈다. 다시 벗겨진 손으로 뚜껑을 열어 한 손에서 느껴지는 병의 시원함을 그대로 전달받아 순식간에 그 음료수를 마시기 시작한다.

한 모금, 두 모금, 세 모금. 그렇게 목이 말랐던 도둑은 입과 목 사이로 지금까지 참아왔던 기다림의 해소를 풀려고, 숨도 쉬지 않은 채 그 액체들을 몸속으로 빠르게 집어넣었다.

"우욱, 욱."

그러던 박준원이 마시던 병을 바닥에 떨어뜨렸다.

그러고는 좀 전의 행동들을 멈춘다. 두 손으로 목을 부여잡고 상체를 90도로 숙여 먹은 음료수를 토하려 했다. 그러나 고통스러운 호흡 소리만 나올 뿐, 임신한 여자가 입덧하듯 그렇게 나오지 않는 토사물을 토하려 고통스럽게 몸부림쳤다. 그러더니 이내 그의 입으로 붉고 탁한 것들이 쏟아져나온다.

연체동물처럼 몸을 흐느적거리며 무릎이 꺾이듯 접히면서 그는 바닥에 주저앉았다. 그렇게 함과 동시에 옆에 있던 큰 시계에서는 새벽 5시를 알리는 종소리가 다섯 번 울린다.

"동, 동, 동, 동, 동!"

1장 놀란 가족

"삐 비비빅."

아침 6시 정각을 알리는 휴대전화기 알람 소리에 습관적으로 피곤한 몸을 일으키며 급하게 알람 소리를 껐다. 옆에서 자고 있는 남편은 여전히 태평하게 코를 골며 자고 있다. 그런 남편을 뒤로하고 방문을 열어 주방으로 가려고 방향을 틀었을 때, 누군가 식탁 의자에 비스듬히 기대어 바닥에 주저앉아 있다.

조심히 그쪽으로 다가간 여자는 "누구지……?" 하며 그의 얼굴을 확인하는 순간. "꺄~~~." 하는 비명과 함께 이른 아침 고요했던 집안이 어느덧 열린 창문을 통해 찢어질 듯한 굉음으로 울려 퍼진다. 이 소리를 들은 각 방의 가족들은 황급히 방문을 열고 뛰어나와 놀란 표정으로 소리가 난 주방 쪽을 쳐다본다.

그곳에는 30세 후반으로 보이는 남자가 입에 탁한 붉은색 토사물을 흘린 채 눈을 뜨고 죽어있다. 그 모습을 본 다섯 식구는 모두 서로를 쳐다보며 더더욱 놀라움을 금치 못한다.

어느 날 갑자기 자신들의 집안으로 낯선 사람이 들어와 저렇게 무서운 모습으로 죽어있는 것을 보고 다섯 명 모두 할 말을 잊었다. 아무런 말 없이 상대방을 확인하듯 그렇게 충격에 뒤덮인 모습으로 서로를 확인할 뿐이다.

"아…… 아버지. 괜찮으세요?"

"그…… 그래, 너희들도 무사하냐?"

그러면서 시체를 확인하려고 가까이 다가간다. 끔찍한 모습에 모두 인상을 심하게 구긴다.

"이 사람, 누구야?"

"몰라요. 빨리 경찰에 신고하세요!"

"너희, 이 사람 몰라? 당신도?"

"몰라요. 혹시 당신이 데리고 온 사람 아니에요?"

"미쳤어! 내가 알지도 못하는 사람을 집으로 들이게!"

다섯 명의 식구들은 그렇게 낯선 사람의 시신을 두려워하면서도 뭔가 크게 잘못되어 간다는 것을 직감할 수 있었다.

1시간 후, 경찰과 과학수사대가 식탁에 있는 시신을 조사하고 있다.

분주히 돌아가고 있을 때, 강력반 형사라고 하는 사람들이 와서 그들에게 이것저것 물으며 사건의 실마리를 잡으려 했다.

"안녕하십니까? 담당경찰서 강력반 안성환 형사라고 합니다. 우선 많이 놀라셨겠습니다. 그래도 수사 진행상 몇 가지 물어보겠습니다."

다섯 명의 식구는 한 줄로 서서 형사의 질문에 답하기 위해 잠시 각자의 직장에 전화하며 조금 늦게 출근하기로 허락받았다.

"지금 여기에 계신 분들 이름과 직업을 말씀해 주시겠습니까?"

이 말을 들은 아버지는 퉁명스러운 표정과 말투로 형사를 쳐다본다.

"여보쇼! 조사하는데 무슨 이름하고 직업이 필요해! 우리가 그럼 저자를 죽였다는 거야, 뭐야!"

이 말에 형사는 예상이나 한 것처럼 말한다.

"수사상 있는 절차라고 제가 좀 전에 말씀을 드렸었는데요."

그제야 아버지는 다시 형사의 얼굴을 본다.

"나는 이 집 가장이오. 이름은 필요 없고 직업은 없수다."

형사는 작은 수첩에 아버지가 말한 것들을 적었다. 다음으로 그 옆에 있는 엄마에게 눈을 돌린다.

"저는 이 집에 사는 아이들 엄마예요. 직업은 지하철에서 청소를 합니다. 그리고 그 일이 끝나면 아르바이트로 저녁에 식당에서 설거지도 하고요."

이 말이 엄마 입에서 나오자, 세 명의 자녀들은 살짝 엄마를 쳐다보고 이내 고개를 떨군다. 그리고 동시에 아버지를 쳐다보며 반사적인 적개심이 고개를 든다.

"저는 막냅니다. 이름은 김회옥, 변호사 사무실에서 일합니다."

"저는 둘째입니다. 이름은 김남훈, 수유리에 있는 중국집 철가방이요."

그리고 마지막으로 큰아들이 대답한다.

"저는 첫째입니다. 이름은 김주한, 금괴를 만드는 공장에서 일합니다."

모든 것을 수첩에 꼼꼼히 받아 적은 형사는 그것을 주머니에 넣는다.

"협조해 주셔서 대단히 감사합니다. 그러나 조사는 이것으로 끝이 아닙니다. 저희가 필요에 따라서 얼마든지 여러분께 다시 조사할 수 있으니, 그때도 지금과 같이 잘 협조해 주시길 바랍니다."

그러는 동안 식탁의 시신은 차에 옮겨져 있었다. 시신이 없는 식탁 주변과 거실은 아직도 과학수사대가 남아서 깨알만 한 증거라도 찾으려 조심히 주변을 어슬렁거리고 있다. 그러면서 가족들은 각자 출근 준비를 한다. 뭔가 개운하지 못한 기분으로 각자의 직장으로 출근을 서둘렀다. 아니 아버지만 빼고. 아버지는 오늘 아침에 있었던 일들이 꼭 지금 남아서 증거를 찾으려는 경찰들에게 있다는 듯 괜한 투정을 그들에게 보내고 있다.

"거기 빨리 좀 하고 가쇼. 정신 사나우니깐!"

"죄송합니다. 집에 일이 좀 있어서 본의 아니게……."

팀장에게 다가가 최대한 예의를 갖추고는 공손하게 늦은 이유를 설명했다. 이야기를 다 들은 팀장은 주변을 살핀다.

"실은 경찰에서 좀 전에 전화로 회옥 어머니에 대해서 여러 가지를 묻길래 나야 있는 그대로 솔직하게 이야기했죠. 회옥 어머니는 이곳에 일하시는 분 중에서 가장 오래되셨고, 일도 열심히 잘하시는 분이라서 경찰에게 말하는 저도 아무런 거리낌 없이 모두 다 알려줬어요. 그런데 그 죽은 사람은 왜 남의 집 부엌까지 들어와서 죽은 거야, 죽으려면 조용히 아무도 없는 곳에 가서 죽지. 안 그래요, 회옥 어머니?"

그 말을 듣고 옅은 미소만 짓는다. 그리고 팀장에게 작게 고개를 숙였다.

"여러 가지로 죄송하고 감사드립니다, 팀장님. 그럼, 하실 말씀이 없으시면 저는 제 담당구역으로 가서 청소를 시작하겠습니다."

그러면서 청소도구를 챙기기 시작했다. 평소에도 무거운 청소도구에 더해 아침부터 시작된 집안의 흉한 일로 마음마저 무겁고 착잡한 심정으로 일을 하려니, 도무지 일이 손에 잡히지 않을 것만 같았다.

간신히 무거운 몸과 마음을 달랜다. 드디어 그가 청소를 시작해야 할 곳에 도착했다. 양손에 들려 있는 청소도구를 바닥에 내려놓고는 여자 화장실로 들어가 좌변기가 있는 문을 열고 그 안을 보니,

누군가가 토해놓은 토사물이 좌변기와 주변 벽 사이를 모두 얼룩진 딱지처럼 굳어버린 희미한 황갈색으로 범벅이 되어 있다. 심한 악취와 함께 한여름의 지린내는 정제되지 않은 이곳의 공기와 결합하여 가뜩이나 심신이 불안하고 미약한 그의 정신상태를 파괴하기 시작했다.

그 정신적 파괴는 잘나지 못한 남편에게로 돌아갔다.

그가 왜 이런 인생을 살아야 하는지 그 자리에 주저앉아 해결하지 못할 남편의 일들을 서럽게 노여워하면서 울기 시작했다. 어디서부터인지 뒤틀린 남편과의 불화는 한 마리 징그러운 독사와 같이 하나하나를 괴롭힌다. 그 더럽고 추악한 독을 품고는 언제든지 자신의 마음에 들지 않을 때 그것으로 위협하여 자신의 못난 욕구를 채우려고 한다.

오늘도 집 안에서 빈둥대며 하릴없이 아이들에게 큰소리치는 모습들을 상상한다. 그러면서 눈앞에 보이는 토사물을 눈물 젖은 눈으로 쳐다본다. 힘겹게 그 자리에서 일어나 가지고 온 청소도구로 닦기 시작한다.

중국집 배달 오토바이를 타고 오전 10시 출근을 시작했다.

다른 식구들보다 출근이 늦어서 따로 직장에 늦어진다는 전화는 하지 않았다. 작은 사거리에서 신호를 기다리는데 어디서 왔는지, 교통경찰이 다가와 짧은 거수경례를 한다.

"운전자께서는 지금 머리에 안전모를 쓰지 않았습니다. 잠시 면허증을 제시해 주시기 바랍니다."

순간 '아차' 했다.

아침부터 입안에 게거품을 토해낸 송장을 봤더니 정신을 두고 다녔던 것이 화근이었다.

김남훈은 다가온 교통경찰을 봤다. 몸 전체가 둔하고, 배가 아이를 임신한 것처럼 앞으로 퍼져있다. 그 위에 허리띠는 만삭이 된 배를 감싸기에 위태로운 듯 팽팽히 걸려 있다.

충분히 도망을 가도 된다는 청신호가 머릿속에서 감돌았다.

그러나 희망은 일순간 무너지고 말았다. 그 이유는 김남훈이 타고 있는 오토바이 양옆에 '와와반점'이라는 상호가 빨간 글씨로 손바닥만 하게 적혀있기 때문이다.

'에이, 씨발.'

그렇게 범칙금 고지서를 받아들고 일하는 중국집에 도착했다.

시동을 끄고 식당으로 들어가 힘없이 사장에게 인사한다.

"안녕하세요?"

목소리에 힘이 없어서 그런지 사장은 김남훈을 보더니 한마디 한다.

"야! 김남훈. 너 왜 그렇게 힘이 없냐?"

"……."

"야 인마, 아침에 못 볼 것이라도 봤냐? 꼭 송장 본 놈처럼……."

김남훈은 송장이란 말에 알 수 없는 상념들이 온몸을 휘감는다. 무엇인가 빨리 입안의 혀가 움직이며 반사적인 대꾸를 하려 준비 중이다.

그러나 오늘 아침 일들을 사장에게 이야기해 봐야 무슨 좋은 일이라고, 그것도 음식을 만드는 식당에서…….

"사장님, 양파 어디에 있죠?"

창고가 있는 곳으로 간다.

"야, 김남훈. 너 오늘 좀 이상하다. 양파는 평소에 맵다고 쳐다보지도 않는 놈이 그걸 까려고?"

"예, 오늘은 좀 울고 싶은 생각이 들어서요."

창고에서 양파 한 망을 들고 밖으로 나왔다. 작은 칼과 큰 소쿠리를 가지고 오토바이가 세워진 곳으로 가서 앉아, 천천히 그것들을 까기 시작했다.

잠시 후, 주머니에 있던 휴대전화기가 울린다.

발신자를 보니 아버지의 번호가 눈에 들어왔다.

"여보세요?"

별로 반갑지 않은 목소리로 받았다.

"내가 며칠 전에 말한 거 준비했니?"

"아니요, 아직……."

"야 이 새끼야, 아빠가 자식에게 그 정도 부탁도 못 하나?"

전화기 너머로 들려오는 아버지의 음성은 협박에 가까운 말투로 지금 눈앞에 있는 양파보다도 싫고 멀리하고픈 마음뿐이다.

"지난번에도 드렸는데 도대체 그 돈은 어디에 쓰려고 자꾸만 저를 힘들게 하세요?"

"시끄러워! 너 월급날 지난 지 5일 된 거로 내가 알고 있는데, 벌써 그 돈 다 썼을 일은 없을 테고. 잔말 말고 내일까지 아빠가 부탁한 돈 가져와라! 좋은 말로 할 때."

"아빠의 모든 언행이 우리 식구 행복을 훼손시킨다고 생각한 적은 없나요?"

"없어."

"세상에나……."

첫 단추를 잘못 끼운 것처럼 아버지와 자식 간 그렇게 잘못된 만남으로 지금껏 잘못된 삶을 살아왔다. 더 정확히 말하자면 그렇게 강요당하며 살았다는 것이 더 정답일지도 모른다.

"다시 한번 말하는데, 되도록 이른 날짜에 돈 준비해서 가져와라."

"도대체 아빠는 그 돈을 어디에 쓰려고 그러는 거죠?"

"몰라도 돼!"

신경질적인 반응을 보이며 일방적으로 대화는 끊어진다.

순간, 양파를 까려는 작은 칼의 손잡이를 힘주어 잡고는 소쿠리 안에 들어있는 양파들을 향해 내려찍었다.

그러자 상처가 난 양파 속에서 매운 양파 향이 얼굴로 올라왔다. 매운 양파 향 때문인지 아니면 슬프고 힘든 이 현실 때문인지, 두 눈에선 눈물이 고이기 시작했다.

그러곤 두 뺨을 타고 흘러내린다.

"김희옥 씨, 오늘 가정법원으로 접수될 두 건의 서류는 어떻게 됐습니까?"

"예. 모두 다 준비가 되었습니다, 변호사님."

김희옥은 이곳 변호사 사무실에서 보조로 일하고 있다.

그도 변호사가 되고 싶었지만, 어려운 가정형편과 아버지와 불화 때문에 그 꿈을 접을 수밖에 없었다.

오전에 그런 일들을 겪으면서, 아빠를 제외한 세 명의 자식들은 엄마의 고단한 삶 속에서 말로 표현할 수 없는 슬픔과 안쓰러움을 다시 한번 확인하는 계기가 되었다.

김희옥을 비롯한 모든 가족으로서의 일원들은 아버지의 삐뚤어진 일관성 없는 삶 속에서 조금씩 각자에게 있어 선한 인간의 인격 또한 붕괴되고 있었다. 일에 대한 성취감 같은 것을 느끼기도 전에 월급날이 돌아오면 어떻게 알았는지 미리 사무실 근처로 와서는 자식의 돈만 바라며 기다리곤 한다. 가족도 받아 줄 수 없는 아버지의 인격은, 타인을 받아준다는 것 또한 낙타가 바늘구멍에 들어가는 것보다도 어려운 일이다. 모든 가족의 의견을 뭉갠 채 언제나 독선과 아집으로 만들어진 독재자.

김희옥은 여러 번 엄마에게 아버지와 이혼을 하라고 건의했다. 그렇게만 된다면 그가 다니는 변호사 도움으로 쉽고 빠르게 진행할 수 있을 텐데, 그 벽을 가로막은 아버지라는 큰 장벽이 버티고 있는 한 결코 쉬운 일이 아닐 것이다.

한 아버지의 삐뚤어진 이상주의는 그저 가족들을 괴롭히고 고통받게 하는 것에 불과하기 때문이다.

"응, 왔구나. 무슨 일인지는 몰라도 잘 해결이 됐고?"

김주한은 사장에게 고개를 숙여 인사한다. 그런 사장은 걱정된 표정으로 한 손으로 오른쪽 눈 옆에 난 큰 점을 만지며 사무실로 들어간다.

탈의실로 들어가 얼른 작업복으로 갈아입고 주변의 동료들과 눈인사하며 자리로 가 작업을 시작했다.

그가 일하는 이곳은 금괴를 만드는 작은 공장이다. 일정량의 금을 주문에 따라 만들며 가공한다. 김주한은 이곳으로 들어온 지 2년이 조금 넘었다. 보수는 그리 많지 않지만, 적성에 잘 맞았다. 특히 사장을 비롯한 이하 직원들이 그에게 무척 잘해준다. 그래서 이곳을 떠나고 싶지가 않다.

오늘은 지방에서 약품이 들어오는 날이다. 일명 '청산가리' 독극물이라고 하며 동시에 금을 세척하는 데 없어서는 안 될 중요한 약품이다. 이것은 색깔이 없고 모양은 마치 설탕과 같다. 그래서 영화나 추리소설에 보면 사람을 조용히 죽이는 단골 메뉴로 이미 정평이 났다. 만약, 이것이 다른 액체와 섞여 단 한 방울이라도 사람이나 짐승이 먹게 되면, 입으로 들어가는 순간 '어서 오세요.' 목구멍으로 갔다면 '안녕히 가세요.'와 같은 이치다.

그래서 이곳 사장은 값비싼 금괴보다도, 이 청산가리의 관리를 더 꼼꼼히 엄격하게 하고 있다.

다행인지 불행인지 몰라도 그 관리를 김주한에게 맡겼다.

그만큼 그를 신뢰하는 사장의 기대에, 역시 성실함과 책임감으로 그 보답을 하려고 한다.

자리에 앉아 일을 하려고 하는데 자꾸만 오늘 아침에 죽은 시체가 생각난다. 순간 큰 한숨이 나오며 머릿속이 텅 비어 있는 느낌을 받았다. 지금 직장에 와서 일은 하고 있지만, 기억 속에는 온통 잠재된 모든 신경이 그 시체에 쏠려있다.

'멍청한 놈, 하필이면 왜 우리 집에서 그런 죽임을 당하다니. 다른 곳에서도 얼마든지 편하게 죽을 수 있었는데 왜 우리 집이냐 말이다.'

그사이 주머니에 있는 휴대전화기가 요란한 진동을 울리며 떨고 있다. 발신자를 보니 엄마의 번호가 찍혀 있다. 고개를 좌우로 살짝 돌린다. 한 손으로 휴대전화를 받고, 다른 한 손으로 손바닥을 초승달처럼 굽히고는 입으로 가져다 댔다.

"통화 가능하니?"

"예."

"별일 없지?"

"예, 엄마는요?"

잠시 서로 아무런 말이 없다.

"주한아, 넌 우리 집의 장남이다. 너도 잘 알겠지만, 너희 아버지는 이제 가장으로서 자격도 없고, 집안에 암적인 존재가 되어버렸어. 그러니 두 동생을 생각해서라도 넌 아무 탈 없이 이 집안을 지키고 살려야 한다. 내 말 무슨 뜻인지 알아듣겠니?"

순간 이상한 기분이 들었다.

"엄마, 무슨 일 있으세요?"

"아니, 무슨 일은. 오늘 아침에 못 볼 걸 봤더니 좀 놀라서 그렇지……."

순간, 안도의 한숨을 작게 쉬며 김주한이 말하려고 할 때였다.

"주한아, 너 정말 괜찮은 거지?"

엄마는 무언가 확인을 하려는 듯 아들에게 되묻는다.

"예, 저는 아무 탈 없이 잘 지내고 있습니다. 걱정하지 마세요!"

그렇게 짧은 통화는 끝이 나고 김주한은 잠시 멍하니 고개를 숙여 생각에 잠긴다.

엄마가 방금 말했듯이 김주한도 이 집의 장남으로 아버지를 제외한 나머지 가족들을 책임질 의무가 생겼다.

그 임무에 충실해지려는 마음뿐이다. 그러나 장남이라는 희망의 자리라고 굳게 믿었던 마음은 근처에도 오지 못하고, 그 자리를 대신해 절망감이 온몸을 깊게 잠식시키고 있다.

시간이 지나면 지날수록 아버지의 괴롭힘은 점점 그 도를 넘어갔다. 급기야 넘지 말아야 할 선까지 넘고 말았다. 잠깐이나마 머릿속에서 안도하려는 감정이 앞서는 것을 간절히 바랐지만, 결과는 슬픔과 좌절만이 기다릴 뿐이다.

2장 단서

사건을 접수하고 며칠이 지난 오전, 형사들이 모인 가운데 1차 사건 브리핑이 진행되고 있다.

"사망시간 8월 3일 새벽 04시에서 05시 사이. 아무런 외상없이 입 주변에 토사물이 묻어 있으며 식탁 옆으로 깨져있는 물병과 그 속에 들어있는 다량의 음료수 발견. 직접적인 사망 원인은 국과수 검사 결과가 나와봐야 정확히 알 수 있으나 독극물로 인한 사망으로 추정이 됨."

발표한 김은혁 형사가 자리에 앉는다.

"그럼, 사망자 신원은?"

과장이 주변을 두리번거리고는 다음 답변자를 찾고 있다.

"……."

아무런 응답이 없자 과장이 인상을 심하게 구긴다.

"조사한 사람 없어?!"

그러자 회의실 앞쪽에서 급히 문이 열린다.

민병철 형사가 허둥대며 들어온다.

"예, 예. 제가 답변하겠습니다."

그러면서 뒷주머니에 여러 번 접은 A4 용지를 급히 펴고는 과장 눈치를 살핀다.

"사망자 신원은 이름 박준원, 나이 39세, 직업은 무직. 사망 당시까지 절도 전과 6범, 주소는 강원도 원주시."

"됐어, 앉아."

여전히 뭔가 불만인 사람처럼 과장은 민병철 형사를 쳐다본다. 그는 자리에 앉아서도 두 손으로 자신의 배를 쓰다듬는다. 그 또한 얼굴에 인상을 쓰고 있다.

"나머지 보고할 사항이 있으면 발표 바랍니다."

과장이 말하자 안성환 형사가 손을 들고 일어 난다.

"계속하세요."

"예. 이번 사건은 참으로 보기 드문 사건으로, 많은 의문과 많은 정보를 필요로 하는 몹시 어려운 사건이라고 사료됩니다. 첫째, 왜 박준원은 그곳에서 자신의 본분을 다하지 않고 입에 거품을 물고 죽었을까요? 빈집도 아니고 각 방에 사람들이 모두 자고 있다면 어떤 도둑이라도 그런 곳을 피하고 보는데, 일부러 그 식탁 앞에까지 가서 대담하게 뭔가를 하고 있었단 말입니다. 둘째, 외관상 시신에 묻어 있는 토사물과 주변에 깨진 음료수병으로 봤을 때 아마도 죽은 박준원은 그 병의 음료수를 마시고 사망한 것이 우리들의 추측이 아니라 사실이라면, 왜 밖에서도 마실 수 있는 것을 남의 집 식탁에서까지 힘들게 들어와 그것을 마셨을까요? 그리고, 또 하나의 가설은 사망자가 마신 음료수병은 과연 어디서부터 나타났던 것일까요? 혹시 그 집 냉장고 안에 들어있었는지 우리가 철저히 조사해봐야 할 과제라고 생각합니다."

잠시, 안성환 형사 의견을 경청한 과장은 살며시 고개를 위아래로 끄덕인다.

"그럼 만약에 국과수 결과, 그 깨진 음료수병에 독극물이 들어있고 그것을 박준원이 마셔서 사망했다면 사망 원인은 그 집에 있다는 것이 명백하게 밝혀지는 것이구먼."

"예, 맞습니다. 그래서 제가 사건 당일에 그 깨진 음료수병의 조각들을 모두 수거해서 국과수에 함께 지문 감식을 의뢰했습니다. 만약, 그 깨진 음료수병에서 그 집안의 사람들 지문과 독극물이 발견된다면 수사는 그 집 식구에게만 돌아갈 수 있게 됩니다. 섣부른 선입견이 수사에 혼선을 줄 수 있으므로 내일 국과수에서 모든 자료 결과가 나오는 즉시 해당 수사에 착수하도록 하겠습니다."

모든 사항을 보고받은 과장이 만족스러운 표정을 하고 그 자리를 떠나려 할 때 민병철 형사와 눈이 마주친다.

"이봐, 어디 아픈가?"

"예, 배가 좀……."

"배가 왜 아픈데?"

"예, 어제 퇴근 후 저녁에 출출해서 족발을 야식으로 먹었는데 그게 좀 잘못된 것 같습니다."

그 말을 듣고 과장은 배를 부여잡고 웅크리고 있는 민병철 형사에게 다가간다.

"그거 쌤통이다. 혼자서 그런 것을 먹으려고 했으니 벌 받은 거야 이 사람아. 나한테 전화해서 '과장님, 불철주야 시민의 안전을 위해서 얼마나 고생이 많으십니까? 그러는 의미에서 제가 족발을 좀 대접하려고 하는데…….' 이렇게 했었다면 당신은 지금 이렇게 벌 받고 있지는 않을걸……."

과장은 그렇게 약을 올리고는 사무실을 나간다.

과장이 사무실을 나가자 민병철 형사는 죽는 소리를 한다.

"아이고 배야, 내 배 좀 살려주세요. 어제 그 야식집을 내가 식품안전위생법으로 잡아 이 고통의 대가를 톡톡히 치르게 하겠어. 그 망할 놈의 야식집, 족발이 아니라 세균 덩어리를 돈까지 받고 팔아먹다니! 아이고 배야! 내 뱃속의 회충들이 모두 욕을 하는구나. 왜 자기들보다 더 더러운 것들과 같이 살게 하냐고……."

이 말을 들은 나머지 두 형사가 말한다.

"하하하, 이 사람아 빨리 약을 먹든지 병원엘 가라고."

그러자 민병철 형사는 두 손으로 항문 쪽 바지를 잡고 급히 화장실 쪽으로 뛰어간다.

"이놈의 야식집을 다 때려 부숴버리겠어."

'이런 젠장할, 어느 미친놈이 내 집에서 뒈지는 바람에 괜한 나까지 엿을 먹는구먼. 그렇다고 내가 할 일들을 게을리해서는 안 되지.'

자식들에게 받은, 아니 빼앗은 돈을 지갑 속에 넣고 남들에게 자랑이나 하듯 뒷주머니를 불룩하게 보이며 이내 택시를 잡아 어디론가 가고 있다.

그가 도착한 곳은 어느 변두리 스크린 도박장으로, 8월의 삼복더위도 아랑곳하지 않고 서로 다른 생김새의 도박꾼들이 모여 허황된 꿈을 좇는다. 마약에 중독이라도 된 듯 그렇게 자신들이 건 목표물을 향해 소리를 지르며 환호하고 있다.

'나 같이 정신 나간 놈들이 많이도 와 있구먼.'

그러면서 그도 적당한 자리를 잡아 본격적인 미친놈 대열에 동참한다.

처음 시작은 좋았으나 모든 도박이 그러하듯, 점차 시간이 지날수록 가지고 있던 돈은 모두 바닥을 드러낸다.

그리곤 그곳을 나와 지금은 늦은 점심을 편의점 컵라면으로 때우고 있다.

'아 씨발, 첫발이 좋아서 딸 때 그만두고 나왔어야 했는데…….'

먹던 컵라면을 국물까지 모조리 비운 그는 담배 하나를 입에 물고 불을 붙인다.

그러고는 고개를 들어 하늘을 쳐다본다. 어디에서 검은 먹구름이 빠른 속도로 몰려온다. 한두 방울 떨어지기 시작한 비는 순식간에 굵은 빗줄기로 변하여 한여름 목마른 도심 곳곳을 촉촉이 적시고 있다.

무방비 상태로 쏟아지는 소나기를 피해 그는 어느 작은 3층짜리 건물 입구로 얼른 몸을 피한다. 그사이 비에 젖은 얼굴과 팔을 손수건으로 닦고 있다.

'젠장, 웬 비가 이리도 오는 거야. 돈도 다 떨어지고 기분도 엿 같은데…….'

투덜거리고 있을 때, 그가 있던 입구 계단 위에서 여자 하이힐 소리가 들려온다. 걸음을 걸으며 내려올 때마다 요란한 소리로 들려왔다. 하지만 남자는 아무런 관심 없이 비가 쏟아지는 밖의 풍경만 본다. 잠시 더위를 식히고 있을 때, 요란하게 들리던 하이힐 소리는 멈추었다. 그리고 동시에 중년 여자가 짧은 치마를 입고 그에게로 다가가 손에 들고 있던 캔커피를 남자에게 건넨다.

"안녕하세요?"

상대방의 낯선 인사에 남자는 어리둥절한 표정을 한다.

"예……. 안녕하쇼?"

살짝 고개를 숙여 인사를 한 그는 그제야 기억이 나는지 "아하! 김 여사, 이런 곳에서 만나는군. 요즘 하는 일은 잘 되시고?"라며 자신에게 향한 캔커피를 받아 마신다.

- 국립과학수사연구원 -

오늘까지 관할경찰서 강력3반에서 의뢰한 지문과 독극물 성분 그리고 사망자 부검 결과가 나오는 날이다. 그것을 받기 위해 이미 민병철이 도착하여 기다리고 있다. 가만히 있지 않고 검사실 이곳저곳을 기웃거리는 형사의 모습이 방해되는지, 지문을 담당하는 정은호 연구원이 한마디 한다.

"거기 좀 자리에 앉으시죠! 정신 사나우니깐!"

"그러게 미리 좀 하셨으면 더 빨리 나오지 않았을까요?"

이 말에 정은호 연구원은 도끼눈을 하며 언성을 높인다.

"우리가 하루에 작업해야 할 일들이 얼마나 많은데 그런 소리를 합니까? 여기 있는 네 명의 검사관들은 출퇴근도 없이 당신들이 가져온 것들을 정신없이 확인하고 있는데……."

이 말에 기가 죽었는지 형사는 아무런 대꾸 없이 다른 쪽으로 이동한다. 그곳 역시 형사의 발걸음이 귀찮은지 아무 반응이 없자, 형사가 묻는다.

"독극물 성분은 어떻게 나왔습니까?"

현미경을 눈에서 떼지 못하고 귀찮다는 듯 내뱉는다.

"말 시키지 마쇼. 지금 바빠서 똥 싸러 갈 시간도 못 내고 있으니."

그 말에 아무런 소득이 없어 보이자 형사는 지하실에 있는 부검실로 자리를 옮긴다. 입구에 큰 유리문을 열고 그곳으로 들어가자, 그곳엔 코를 찌르는 소독약 냄새와 함께 병원 수술실을 연상케 하는 장

비들이 즐비했다. 순간 코 주변 얼굴 근육에 힘이 들어가는 것을 느끼며 천천히 걸음을 옮겨 열심히 부검에 집중하고 있는 곳으로 간다.

한창 시신 부검에 열중하던 부검의 중, 노년의 부검의가 민병철을 발견한다. 그러고는 쓰고 있던 마스크를 턱까지 내린다.

"여기까지 내려온 걸 보니 꽤나 수사에 관심이 많은가 봐, 젊은 형사 양반."

뜻밖의 환대에 고개를 숙여 인사한다.

"고생이 많으십니다, 선생님."

민병철의 인사를 듣자, 등을 보이며 부검을 하던 또 다른 부검의가 뒤를 돌아본다. 무뚝뚝한 표정으로 마스크를 쓴 채 말한다.

"여기엔 아무나 함부로 들어오면 안 됩니다. 아무리 경찰이라고 해도 저희 과장님 허락 없이는 절대로 안 되니 빨리 이곳에서 나가 주세요."

이 말에 형사는 그의 말을 무시나 하는 것처럼 다시 발걸음을 앞으로 옮기며 그들에게로 서서히 다가갔다. 이때 그 모습을 보고 있던 노년의 부검의는 "그냥 놔둬, 어차피 우리가 설명을 해야 하는데 저렇게 와서 우리 일을 직접 본다면 우리로서는 두 번 일하지 않고 직접 보고 들은 사람이 알아서 문서로 작성해 필요한 곳으로 가져가겠지."라며 맞은 편 부검의에게 무언의 사인을 보낸다.

"자, 이곳에 온 이상 가까이 오셔서 당신들이 나에게 보낸 이 시신의 부검 과정을 잘 지켜보시기 바랍니다."

그곳에 온 형사에게 좀 더 가까이 오라고 손짓한다.

민병철 형사는 그의 손짓으로 조심히 그들 곁으로 가까이 갔다.

자신의 눈앞에 눈을 감고 있는 시체가 배 속의 내장들이 모두 밖으로 나온 채 차가운 사각의 스테인리스 판자에 누워있다.

평소에 비위가 상당히 좋은 편이라고는 하지만, 이렇게 막상 죽어 있는 시체의 오장육부를 직접 가까운 곳에서 보니 약간은 생목이 올라 구역질이 나오려고 했다. 그러나 그렇게 되면 이 좋은 경험을 하지 못하게 될까 봐 억지로 참고 아무런 일 없는 척 여유를 부렸다.

"저는 볼 준비가 다 됐으니 두 분께서도 본연의 업무를 이어가시죠!"

노년의 부검의는 턱 밑에 걸려 있는 마스크를 다시 눈 밑까지 올려 쓰고는 벽에 걸려 있는 시계와 달력을 쳐다본다.

"8월 6일 오후 14시 36분, 이름 박준원, 나이 39세, 남자. 지금부터 부검의 한경훈, 황상영 부검을 시행한다. 이 모든 화면과 음성은 기록에 남아 법적인 증거자료로 사용한다."

그러면서 한경훈은 노년의 나이가 그의 경력을 말해주듯 능숙하게 시신의 구강구조와 식도를 작은 칼로 내려그으며 육안으로 잘 볼 수 있게 열고 있다.

"시신의 구강부터 시작한 붉은색 상처들은 식도를 지나 위장 그리고 소장에 이르기까지 온통 출혈을 동반한 깊은 띠 형태의 상처들이 보입니다."

맞은 편에 있던 황상영은 주변 장기들을 유심히 살핀다. 그러고는 푸른색 시약들을 그곳에 묻혀간다. 그러자 어떤 장기에서 노란색 반응이 보였다.

"지금 시약에 반응한 장기들은 모두 외부에서 발생한 또는 공급된 제3의 화학물질로 오염이 됐거나 그의 화학적 반응으로 인한 변질적인 반응이라고 의심이 된다. 고로 박준원 몸속으로 들어온 어떤 화학적인 약물작용으로 인하여, 구강으로부터 시작한 식도와 위장 그리고 소장에 이르는 연장된 장기는 물론, 주변의 간과 콩팥, 심지어 췌장까지도 그 화학적인 반응에 결합하여 피해자인 박준원 본인을 사망케 한 것으로 판단됩니다."

황상영의 부검 소견이 끝나자, 이번에는 노년의 한경훈이 다시 입을 연다.

"사망자 박준원은 사망하기 직전, 목과 위장이 뒤틀리는 고통과 함께 내장 속에 녹아내린 위액과 결합한 제3의 화학성 물질은 순식간에 응고된 혈액과 결합하여 입 밖으로 역류한다. 동시에 기도와 모든 호흡기를 막으면서 사망했을 것으로 사료된다."

가만히 모든 과정을 보고 들은 형사는 두 검시관을 보며 무언가 질문을 하려 한쪽 팔을 살짝 올려보지만 두 검시관은 그것을 무시한다.

"죽은 박준원의 사망 원인은 부검 결과, 제3의 화학적 물질로 판명이 났다. 그 제3의 화학적 물질을 시신에서 분리하여 그 물질의 성분을 감별하기 위해 현재 다른 검사관이 분석 중이며, 결과는 두 시간 후 판명이 될 것이다. 그러므로 지금 실시하고 있는 고 박준원의 부검을 모두 이것으로 끝내, 시신의 원래 상태로 다시 만드는 과정으로 들어가겠습니다."

두 검시관은 능숙한 솜씨로 밖으로 모두 나와 있는 박준원의 내장들을 있던 자리에 모두 넣고 수술용 바늘과 실로 꼼꼼하게 그것들을 마무리했다.

그제야 민병철은 두 사람과 함께 밖으로 나와 담배를 피운다. 아직도 궁금한 것이 있는지 노년의 한경훈에게 다가가자, 그가 먼저 입을 연다.

"또 뭐가 궁금한 게 있습니까?"

"예, 딱 하나만요."

"말해보구려."

노년의 부검의는 피우던 담배를 깊게 빨아드리고는 꽁초를 바닥에 버리면서 살짝 밟는다.

"선생님, 그럼 시신이 살아있다고 가정을 하고 그 제3의 화학물질이 입으로 들어가서 죽는 시간은 얼마나 걸릴까요?"

"분명히 말하지만, 어떤 물질이 몸속으로 들어가 얼마만큼 해칠 수 있느냐는 정확한 결과가 나와봐야 알 수가 있습니다. 우리가 TV에서 또는 영화에서 사극을 볼 때 죄인이 사약을 먹고 죽는 장면이 나오는데, 원샷을 한 죄인은 바로 그 자리에서 먹던 사약 사발과 같이, 아니면 약을 먹는 도중에 피를 토하고 죽는데 그거 다 뻥입니다."

"예? 뻥이라고요?!"

"사약은 원래 약 성분상으로 봐서는 절대로 그렇게 빨리 죽지 않는 성분으로 이루어졌습니다. 그 성분들이 몸으로 들어가 효능을 시작하는 시간은 대략 30분에서 길게는 몇 시간까지 갈 수도 있습니다. 심지어 어떤 사람은 그 사약을 먹고도 죽지 않는 경우가 있습니다."

이 말에 매우 놀란 형사는 한경훈을 쳐다본다.

"그런데, TV에서는 왜 그렇게 빨리 죽을까요?"

"글쎄, 아마도 극적인 순간들을 잡으려고 했겠지. 생각해보쇼, 사약을 먹은 죄인이 한참을 죽지 않고 여기저기 돌아다니면서 트림을 꺽꺽한다면 얼마나 웃기겠습니까. 그러니 그거야 담당 연출자가 알아서 할 일이고, 실제로 옛날에는 사약을 먹은 죄인이 빨리 그 자리에서 죽어야 여러 사람도 하던 일을 마무리하는데 그걸 지켜보는 사람이나 약을 먹은 당사자는 아무튼 좀 거시기했겠습니다. 하지만 진짜 억울한 누명을 쓰고 사약을 먹은 사람과 그것을 지켜보는 가족과 지인들은 얼마나 피를 말리는 순간이 되었겠소! 예정된 시간이 가까워질수록 그 고통은 약을 먹은 억울한 사람이나 그것을 지켜보는 약을 먹지 않은 사람들 모두 그 순간만큼은 아마도 끔찍한 고통의 시간을 함께했었을 것이요."

말없이 고개를 끄덕이고 있을 때, 두 검시관이 자리에서 일어난다.

"아……, 아직 제 질문에 답을 주셔야죠?"

천천히 부검실 쪽으로 몸을 움직인다.

"난 벌써 답변을 했다고 생각하는데."

"예?!"

"내가 왜 시신 속 독약 성분을 말하지 않고, 제3의 화학물질이라고 했겠소. 그 이유는 죽은 박준원이 어떤 독약을 먹었는지 아직 정확히 모르기 때문이요. 고로 먹은 약의 성분에 따라서 3초 만에 죽었을 수도 있고, 10분 만에 죽었을 수도 있다, 이 말이요."

그러면서 왔던 길로 다시 돌아간다. 그의 답변이 이해가 가지 않는다는 반응을 보일 때, 핸드폰 벨 소리가 울린다.

"예, 선배님."

안성환 형사의 전화다.

"그래, 결과는?"

"두 시간 정도 더 있어야 나올 것 같습니다."

"되도록 빨리 가져와, 지금 과장님이 목이 빠지게 기다리고 있어."

"아, 노인네. 그 양반은 여름 피서도 안가나?"

"하하하, 이 시국에 피서 가겠어. 가라고 해도 안가지. 그러니 국과수 직원들에게 사건이 엄중하니 좀 빨리 결과서 달라고 부탁해봐."

"어휴, 말도 마세요. 좀 전에 빨리하라고 했다가 거기 정은호 연구원에게 얼마나 혼이 났는데요."

"아무튼, 빨리 결과서 가지고 와. 그거 오기 전까진 우리 모두 퇴근도 못 할 것 같아."

"예, 잘 알겠습니다."

그렇게 통화가 끝나자마자 민병철은 다시 2층으로 올라가 좀 전의 두 연구원을 만나러 갔다. 아직도 두 연구원은 자신들이 하고 있는 일에 몰두하고 있다. 반사적으로 타인에게 방해를 받지 않으려는 행동과도 같다는 것이 지배적으로 드러나는 것만 같았다.

천천히 정은호 연구관에게 다가간 민병철은 좀 전과 같은 소란을 피하고자 몸을 작게 숙이고는 조용히 그의 곁으로 다가간다.

자신의 주변에 누군가가 왔다는 것을 직감한 정은호는 민병철을 쳐다보지도 않고 입을 연다.

"또 뭐죠?!"

민병철은 '기회는 이때다.' 하고는 "예, 아까 제가 부탁드린……." 하며 말끝을 흐린다.

"거의 다 됐는데, 조금만 더 기다리세요. 깨진 음료수병의 조각들이 너무나도 작게 파편처럼 떨어져 나가서 붙이기가 어렵고, 그곳에 묻은 지문까지 찾으려면 정말 눈도 빠지고 팔도 빠질 것만 같거든요. 지문만 아니면 하루 만에 이 병 조각들을 모두 조립할 수 있겠는데, 지문까지 찾으려니 함부로 병의 겉면을 손댈 수가 없군요. 그러니 나가시면 복도 끝에 커피자판기가 있으니 블랙으로 한 잔만 부탁할게요."

이렇게 말하고 고개를 들어 반대편 이성혁을 쳐다본다.

"아니, 두 잔이요."

그 말에 민병철은 아무런 말 없이 출입문으로 향한다.

"아니, 지가 나한테 언제 커피 맡겨놨어. 어휴, 진짜 증거품만 아니면 저거 볼 일은 없는데. 다음에 또 올 기회가 생기면 무조건 다른 사람 시키고 난 빠져야지."

그렇게 투덜거리며 복도를 걷고 있을 때, 문자메시지가 왔다는 신호음이 들린다.

> 이봐, 뺀질이 아직도 국과수에 있나?
>
> 혹시 거기서 우리 몰래 숨겨놓은 애인하고 데이트 하지?
>
> – 김은혁 –

문자를 확인한 민병철은 기가 막힌다는 듯 웃으며 즉시 답문을 보낸다.

> 앗!
>
> 어떻게 아셨어요. 선배님?
>
> – 민병철 –

> 그걸 몰라서 물어 이 사람아! 그래서 당신 별명이
>
> '함흥차사'야. 어디를 가면 돌아올 줄 모르니……
>
> – 김은혁 –

ㅋㅋㅋ.

경찰도 사람인데, 때로는 천천히 할 때도 있어야죠!

– 민병철 –

어휴~

말이나 못 하면 밉지나 않지! ㅠㅠ

– 김은혁 –

^_^ 그런데 무슨 일로 평소에 하지 않는 문자를 저에게 하시나요?!

– 민병철 –

이봐, 뺀질이! 당신이 거기서 빨리 안 온다고 지금 과장님이 우리를 회의실에 가두고 있어.

– 김은혁 –

왓!!!

좀 전에 안성환 선배하고 통화했는데요.

– 민병철 –

그래, 그렇게 선배가 과장에게 당신과 통화했다고
이미 전했는데, 그래도 빨리 결과서 가지고 오래.

— 김은혁 —

우와 미치겠습니다. 그걸 어떻게 빨리 가지고
갑니까? 내가 하는 것도 아닌데. ㅠㅠ

— 민병철 —

지금 어디까지 검사 중인데?

— 김은혁 —

좀 전에 죽은 박준원 부검이 있었고, 다음으로 깨진 음
료수병 지문과 그 성분분석을 진행하고 있습니다.

— 민병철 —

그래……. 알았어, 아무튼 끝나면
그 즉시 이리로 와! 더 할 말 없어?

— 김은혁 —

말도 마세요. 두 명의 검시관이 죽은 박준원의 뱃속에서
순대 곱창을 마구 꺼내서 보더니 다시 넣는데 순식간이
더라고요. ㅠㅠ

– 민병철 –

참, 비위도 좋다. 그걸 다 구경을 하고……
아무튼 빨리 좀 부탁해서 결과서 한 통만 달라고 해.

– 김은혁 –

예, 그러잖아도 연구원이 커피가 먹고 싶다고
해서 지금 가져가려고 합니다.

– 민병철 –

그래, 잘하고 있어.
빨리하고 경찰서에서 보자고, 뺀질이.

– 김은혁 –

예.^ ^

– 민병철 –

자신의 입에 종이컵 하나 물고, 양손에는 각각의 블랙커피가 든 종이컵을 조심히 들고 다시 정은호가 있는 곳으로 왔다. 그곳에는 이성혁도 함께 있다. 무엇인가 크게 고민을 하는 표정으로 컴퓨터 모니터를 뚫어지게 쳐다보고 있다.

민병철은 들고 있던 양손의 종이컵을 두 사람에게 건넨다.

한 손으로 입에 물고 있는 종이컵을 입에서 빼고는 묻는다.

"왜요?! 뭔가 이상이라도 있습니까?"

그들이 보고 있는 컴퓨터 모니터를 쳐다본다. 그러자 두 연구원은 형사가 알아들을 수 없는 전문용어들로 서로 주고받는다. 심각한 표정으로 형사가 준 커피를 받아 마시고 있다.

"나도 좀 같이 알자고요. 두 사람만 치사하게 알지 말고, 커피 마신 값은 하셔야죠!"

그러자 정은호가 다 마신 종이컵을 형사에게 건넨다.

"깨진 음료수병 지문은 누군가 다 지웠습니다. 죽은 박준원의 지문만 빼고는……."

아무런 말 없이 형사는 고개만 끄덕인다. 동시에 옆에 있던 이성혁과 눈을 마주친다.

"그럼, 죽은 박준원 몸에서 나온 성분은 알아내셨나요?"

기대가 충만한 표정으로 질문한다.

"죽은 박준원의 화학적 성분은 일단 청산염으로 밝혀졌고, 그리고……."

"청산염이라면 청산가리 아닙니까? 왜 그런 것을 먹고 남의 집 부엌에서 죽은 거야……."

손에 들려 있는 종이컵을 두 손으로 모아 작은 공처럼 둥글게 말아서 출입문 옆에 있는 큰 쓰레기통으로 던진다. 그러자 사뿐히 날아 둥근 쓰레기통 안으로 정확히 들어간다.

"좋았어. 청산염과 사망자 지문!"

형사의 모습을 보며 무언가 더 할 말이 있는지 정은호가 기회를 잡으려는 순간 "자. 이젠, 두 분께서는 저에게 검사 보고서만 주시면 고맙겠습니다."라고 말한다.

이 말에 두 연구원은 민병철을 쳐다본다.

"물론, 결과가 나왔다곤 하지만 아직 더 검사를 해 봐야 할 필요성이 있습니다. 그러므로 조금만 더 기다려 주신다면 정확한 정보를 수집할 수……."

정은호의 말을 중간에 자른다. 형사는 자신의 의견을 피력하기 시작한다.

"이 정도 결과면 수사를 진행함에 있어 아주 훌륭한 자료로 손색이 없습니다. 사람이 죽었는데 그 원인이 청산염을 먹고 죽었다면 죽음에 직접적인 사인이 될 수 있습니다. 그리고 깨진 유리병에 묻은 지문이 피해자 것 이외에 다른 것이 없다는 것은 누군가 고의로 병에 독극물을 넣었다는 명백한 증거라고 판단됩니다. 그러므로 두 분께서는 더 이상 증거물에 관한 연구는 무의미하다는 것을 인지하시고 저에게 각각 검사 보고서만 주시면 감사하겠습니다. 이상입니다."

청산유수와 같이 입만 살아서 뺀질거리는 형사가 보기 싫은지 이성혁은 정은호에게 도수 높은 뿔테 안경을 살짝 벗으며 말한다.

"이봐요. 정은호 선생, 얼른 내 것까지 두 장 뽑아서 저 양반에게 주라고."

이 말에 정은호는 이성혁을 급히 쳐다본다.

"하지만 팀장님!"

하는 수 없이 자리에 앉은 정은호는 컴퓨터 자판을 두드린다. 잠시 후 옆에 있는 인쇄기에서 두 장의 검사 결과 보고서가 출력된다. 그것을 본 민병철은 작게 콧노래를 부르고 얼른 집어, 두 번 접고는 자신의 지갑 속으로 넣는다. 그러고는 출입문으로 천천히 걸어간다. 두 명의 연구원은 쳐다보지도 않고 출입문 쪽을 향해 인사한다.

"수고가 많으셨습니다."

30분 후, 관할경찰서 강력반 회의실로 도착한 민병철은 두 장의 검사 보고서를 과장에게 주고 득의양양한 표정으로 나머지 형사들에게 보란 듯 자신의 성과를 자랑하고 있다.

"좋았어. 고생이 많았구먼! 오늘 밥값 제대로 했는걸."

과장의 칭찬에 고개를 들고 입이 귀까지 찢어지게 웃고 있다.

"하하하. 별말씀을 다 하십니다."

이 말을 들은 안성환이 팔짱을 낀다.

"이봐, 솔직히 당신이 한 것이라고는 지금 과장님께서 들고 계신 저 종이 말고는 없는 것 같은데……."

그러자 민병철이 팔자 눈썹을 한다.

"아니, 무슨 말씀을 그리 섭섭하게 하십니까? 제가 여러 선배님을 과장님 손아귀에서 벗어나게 하……."

순간 실수했다는 것을 눈치챈 민병철은 재빨리 두 손으로 자신의 입을 막는다. 그러면서 곧바로 과장 눈치를 살피며 아부의 눈웃음을 보낸다. 그런 민병철에게 과장이 살짝 인상을 구기며 곁눈질한다.

"이봐, 계장! 이젠 증거도 나왔으니 수사를 시작하는 데 있어서 모든 것을 동원해 이 사건에 관련된 사람들 모조리 수사 선상에 올립니다. 그리고 한 가지 부탁이 있는데, 올해 말에 내가 승진 순번에 잡혀 있으니 모두 말썽부리지 말고 조용히 자신의 책무에 충실하도록 합니다. 알았나! 빼질이……."

과장이 나간 뒤 세 명의 형사는 한자리에 모여 앉아 앞으로 있을 수사에 의견을 주고받는다.

"국과수 결과가 이렇게 나왔으니 제일 먼저 그 집을 조사하고 다음은 누가 어떻게 청산가리를 음료수에 넣었는지 알아봐야 해."

눈 밑의 짙은 다크서클을 보이며 안성환이 말한다.

"그러게요. 쉽지 않은 사건을 우리가 맡았습니다."

입꼬리를 살짝 올리며 김은혁이 말하자, 민병철이 그 자리에서 일어나며 말한다.

"아아! 수사는 내일부터 시작하시고요. 저는 지금 퇴근을 하려고 합니다."

이에 나머지 두 형사가 그를 쳐다본다.

"넌 혼자 사는 놈이 집에 빨리 가서 뭘 하게? 우렁각시라도 모시고 사냐?!"

"우렁각시라도 있었으면 좋겠습니다. 얼마 전, 야식집에서 족발 시켜 먹고 피똥 싼 거 기억 나세요? 오늘 그 야식집 찾아서 책임을 묻겠습니다. 세균 덩어리를 돈까지 받아먹고 파는 그 못된 식당을……."

"이 사람아, 그거야 구청에서 할 일이고, 당신은 우리랑 같이 살인범만 잡으면 되는 거야! 그러니 괜한 문제 일으키지 말고 그냥 집으로 가서 조용히 잠이나 자고 내일 일찍 나와, 알았어!"

"싫어요!"

민병철은 싫다고 반박하며 앞문을 향해 가고 있다. 그의 모습에 나머지 형사들도 그 자리를 떠난다.

그 후, 며칠이 지나고 민병철은 자신의 책상 위에 한 통의 흰 봉투가 올려져 있는 것을 보았다.

"이건 또 뭐야?"

앞면에 적힌 글을 읽어보니 그곳에는 '국립과학수사연구원'이라는 로고가 선명하게 찍힌 글자와 그 밑에 '박준원 사건 담당 민병철 형사 앞'이라는 글도 함께 적혀있다.

"뭐야, 지난번에 의뢰한 결과는 내가 그 자리에서 확인서까지 받아 왔는데. 인제 와서 우푯값만 아깝게 또 뭐하러 이걸 보낸 거지……."

봉투를 집어 확인도 하지 않고 책상 맨 아래 칸에 넣어둔다.

3장 용의자

"오늘도 고생이 많으셨습니다. 회옥 어머니, 내일 뵙겠습니다."

"네, 모두 조심히 들어가세요."

무덥고 지친 청소일이 모두 끝나고 사무실에 있는 휴식공간에 앉아 물 한 잔을 마시며 숨을 돌리고 있다.

팀장이 언제 왔는지 옷을 갈아입고 사무실 큰 거울을 보며 자신의 모양새를 꼼꼼히 확인한다. 주변을 보지 못했는지 혼자서 콧노래까지 흥얼거리다 이내 문을 열고 밖으로 나간다.

어려서부터 찢어지게 가난했던 집에서 탈출하는 방법은 빨리 시집을 가는 것이었다. 배고프지 않고 그 행복함을 위로 삼아 좀 더 편안하고 인간다운 삶을 살고 싶었던 그녀의 작은 소망은 처절하게 깨지고 말았다. 차라리 가난하고 힘들었던 지난 어린 시절의 삶이 더 그립고 돌아가고 싶을 따름이다.

슬프다. 울고 싶다. 그러나 그렇게 할 수 없다. 그 이유는 남편을 제외한 나머지 가족들은 그녀보다 더 깊은 상처를 안고 하루하루 참고 인내하며 서로를 위로하고 있기 때문이다.

그러한 자식들을 위해서라도 굳세게 참고 지켜나가야 할 책임이 있다. 그러면서 자리에서 일어나 오염된 옷과 몸을 씻기 위해 샤워실로 갔다. 옷을 모두 벗고 샤워기 손잡이를 살짝 돌렸다. 그러나 쏟아지는 물줄기는 한여름 무더위에 지친 듯 미지근한 물이 온몸을 적셨다.

지치고 힘든 몸과 마음을 씻어 주기에 많이 부족함을 느꼈다.

잠시 후, 퇴근 준비를 하고 사무실 문을 나서려는데 며칠 전 보았던 형사들이 안으로 들어온다.

"안녕하세요? 어머니, 저희 아시죠?"

옅은 미소로 작게 인사한다.

"예, 그런데 어쩐 일로……."

한 형사가 뒷주머니에서 작은 수첩을 꺼낸다.

"예, 몇 가지 드릴 말씀이 있어서 이렇게 바쁘신데 저희가 직접 어머니께 찾아 왔습니다. 그러니 잠시만 양해를 부탁드립니다."

형사는 친근한 미소를 짓는다.

'타인에게 받아 보는 인간다운 친근한 미소를 얼마 만에 받아 보는 것이냐.'

"예. 그러세요."

두 형사를 사무실 뒤쪽에 있는 휴게실로 안내한다.

그러고는 작은 의자에 앉아있는 형사들에게 시원한 음료수를 한 잔씩 따라주었다. 그러자 그것을 받아 든 한 형사는 "와, 이게 무슨 차입니까? 향이 아주 구수하고 맛있는 냄새가 납니다." 하며 단숨에 그것을 모두 마신다.

"아몬드로 만든 음료수입니다. 우리 첫째가 잘 만드는데, 그래서 우리 식구 모두 이걸 평소에 자주 마십니다. 물론 저도 직장에 가져 와서 마시고요."

하지만 안성환 형사는 뭔가 기억에 남는다는 듯 고개를 살짝 비틀 이며 낯설지 않은 이 향을 다시금 머릿속으로 집어넣었다.

"제게 무슨 질문이……."

이제야 본론으로 들어가려는 듯 형사는 가지고 있던 수첩을 열고 미리 메모 된 곳을 찾아 질문한다.

"죽은 사람은 절도 전과 6범으로 강원도 원주에 살며 가족은 없는 것으로 밝혀졌습니다. 사망 원인은 청산염, 다시 말해서 청산가리라 는 대단히 위험한 독극물을 먹어서 사망했습니다. 공교롭게도 어머 님 집 안에 있는 음료수를 마시고 말이죠."

형사의 말에 그녀는 충격을 받은 듯 몸이 휘청거렸다. 그 모습을 본 두 형사는 잠시 아무런 말 없이 그런 그녀를 관찰하듯 쳐다보고 있다.

'그럴 수는 없는 법인데…….'

잠깐의 충격에서 벗어난 그녀는 형사에게 반문한다.

"그럼 우리 집 식구 중에서 그 범인이 있다는 말씀이신가요?"

"저희 판단으론 그렇게밖에 생각을 못 하고 있습니다. 그렇지 않으면 죽은 절도범이 자살하기 위해서 남의 집 담을 넘어 미리 준비한 청산가리를 시원한 음료수에 타서 마신다는 상상은 하기 어렵기 때문입니다."

"저는 그런 짓을 하지 않았습니다."

그녀는 단호하게 말한다.

"물론, 저희도 그렇게 믿고 싶습니다. 그러나 죽은 절도범이 왜 그 문제의 음료수를 마시고 죽었는지 우리가 밝히는 일이라 어쩔 수 없이 가족분 모두 용의 선상으로 올릴 수밖에 없습니다."

"……."

고개를 살짝 숙이며 말이 없다.

"그런데 여기서 이상한 점은, 누가 집으로 들어올 것을 미리 알고 냉장고 속 음료수에 독을 넣었느냐가 핵심입니다. 마치, 그 시간에 그 절도범이 담을 넘어 사람들이 각 방에서 모두 잠들어 있는데 그 위험을 무릅쓰고 굳이 주방까지 와 냉장고 문을 열어 그것을 아무렇지 않게 마시고는 그 자리에서 피를 토하고 죽었다. 어머니께서 저희 입장이라고 하셔도 도저히 이해가 가질 않으실 겁니다."

순간 고요한 적막감이 흐른다.

"그래서 형사님들께서는 제가 주방에 가장 많은 시간을 보낼 것 같아 저에게 오셨군요?!"

"굳이 부인하지 않겠습니다. 그러나 아까도 말씀드렸듯 다섯 식구 모두 용의 선상에 있으므로, 철저한 조사가 이루어질 것입니다."

"그럼, 듣고 보니 죽은 절도범을 죽인 범인이 우리 가족 중에서 있다는 말씀이신데, 우리 아이들은 내 뱃속에서 나와 제가 잘 알고 있습니다. 개미 새끼 한 마리 못 죽이는 아이들입니다. 그러니 괜한 우리 아이들 귀찮게 하지 마시고 딴 사람을 조사하세요."

이 말에 두 형사는 서로 얼굴을 마주 보며 이상한 표정을 짓는다.

"딴 사람이라면, 아버님밖에 없는데요……."

안성환이 되물었다.

"굳이 다섯 식구 중에 범인이 있다면 제 남편밖에 그럴 짓을 할 사람은 없습니다."

이 말에 다시 한번 두 형사는 서로 얼굴을 마주 본다.

"아니, 어떻게 아버님이 범인이라고 단정을 지으시나요?"

김은혁이 앉은 자세에서 몸을 그녀에게 쏠리듯 말한다. 그러자 그녀는 살짝 미소를 짓는다. 기쁨보다는 슬픔이 묻어 나는 미소다.

"남편의 불성실한 모습은 일시적인 욕망을 앞세워 사춘기 시절의 질풍노도와 같은 것이 아닙니다. 일부러 우리 가족을 파괴하려는 어리석은 악마의 모습으로 지금도 같은 집에서 그렇게 살고 있습니다. 그러니 직장에 잘 다니는 우리 아이들에겐 아무 잘못이 없으니 굳이 조사가 필요하다면 남편부터 하셨으면 합니다."

그녀의 말을 듣고 두 형사는 복잡한 표정을 짓는다.

"일단 잘 알겠습니다."

형사들이 떠나고 그녀도 식당 설거지 일을 하기 위해서 밖으로 나왔다. 오후 5시가 넘었는데도 한낮의 더위는 가마솥을 엎어 놓은 것처럼 기승을 부렸고, 좀 전에 했던 샤워가 아무런 도움을 주지 못했다. 정신적인 더위와 육체적인 더위 그리고 계절의 더위는 마치 그녀를 괴롭히는 남편과 같이 온몸의 겉과 속에 침투하여 몸에서 나오는 땀과 함께 녹아 흘러내려 오는 느낌이다.

'고귀한 인생의 삶 따위는 바라지 않았어도. 불행한 삶 또한 바라지 않았을 뿐이다.'

그렇게 식당에서의 일도 모두 끝내고 지금은 집으로 향하고 있다.

날이 저물자, 주변에 있는 교회 십자가의 붉은 불빛이 넓은 달동네 네온처럼 드문드문 그 빛을 밝히고 있다.

초저녁 더운 바람이 그의 얼굴을 스쳐 지나가지만, 불안한 마음이 보이지 않는 그물코에 걸리듯 잠시 숨을 멈추고 깊은 상념에 빠져든다.

가장은 모든 식구가 출근하고 집에 혼자 있다. 거실에 팬티만 입고 오래된 선풍기에서 덜덜거리는 소리를 들으며, 한낮 더위를 피하려 누워서 바람을 쐬고 있다. TV에서 철 지난 영화가 나오자 TV 리모컨으로 채널을 이리저리 돌리고 있었다. 그때 한 통의 전화가 왔다. 발신자를 보니 입력이 되지 않은 번호라서 종료 버튼을 누르고 다시 TV 리모컨으로 채널을 돌리려 하였다. 그런데 이번에는 집에 있는 일반 전화기에서 벨이 울린다.

"여보세요."

"안녕하십니까? 강력반 안성환 형사입니다."

형사라는 한마디에 인상을 심하게 구기며 짧게 대꾸한다.

"뭐요?!"

"예, 다름이 아니라 아버님께 몇 가지 질문이 있어서 이렇게 전화 드렸습니다."

"뭔지는 몰라도 그때 다 이야기했으니깐 알아서 하쇼."

"그럼 지금 집에 계시니 저희가 그리로 찾아뵙겠습니다."

형사의 방문이 여러 가지로 귀찮은 남자는 싫은 내색을 노골적으로 표하며 거절하려 했으나 이내 형사가 먼저 선수 친다.

"만약, 경찰 조사를 피하실 목적으로 일부러 다른 일들을 핑계 삼아 수사에 소극적으로 나오시면 아버님께서 직접 이곳으로 강제로 오시게 할 수도 있으니 참고하시기 바랍니다."

그 후, 30분이 지나고 안성환과 김은혁은 사건이 일어난 식탁에 서서 주변을 살피고 있다.

"죄송하지만 냉장고 좀 열어봐도 되겠습니까?"

이에 남자는 퉁명스러운 목소리로 말한다.

"실컷 보쇼."

그러자 안성환이 냉장고 앞으로 천천히 다가가 아래 칸 냉장실 문을 연다. 이것저것 그 속을 관찰하며 보고 있을 때, 문짝에 걸려 있는 유리병으로 된 음료수를 발견한다. 허리를 살짝 굽혀 그 음료수 병에 코를 디밀자 지난번 여자가 준 아몬드 냄새가 짙게 풍긴다. 그 모습을 지켜보던 그 집 가장은 여전히 불만이 가득한 표정으로 일관하고 있다.

"아버님께서는 지난 사건 당일 무엇을 하고 계셨습니까?"

"뭘 하긴 뭘 해, 집에서 자빠져 잤지! 그놈이 뒈진 시간에 난 분명히 안방에 있었으니 집사람에게 물어보쇼!"

남자는 그렇게 답답함을 호소한다.

"그럼, 누가 오거나 나가는 소리를 듣지 못하셨습니까?"

"이봐요, 형사 양반. 당신들 누구한테 무슨 말을 들었는지 난 잘 모르겠지만, 난 그 도둑놈 안 죽였어. 내가 뭐가 아쉬워서 그런 놈을 죽이고 콩밥을 먹으러 가겠어!"

남자의 평소 행실이 말해주듯, 늘 사려 깊지 못한 눈으로 상대를 주시한다. 경찰 또한 그의 태도가 마음에 들지 않았지만, 거기에 말려들지 않았다.

"아버님께서 평소에 자주 가는 곳이 있으십니까?"

"여보쇼, 형사 양반. 백수가 어디 가는 곳이 정해졌습니까? 그냥 붓다는 데로 가는 거지. 정 궁금하면 내일부터 우리 집으로 출근들 하쇼. 그럼 내가 뭘 하는지 정확히 알 수가 있을 테니깐."

남자의 말에 아무런 소득이 없다고 판단된 두 형사는 일단 그 집에서 나왔다.

밖으로 나온 두 형사는 어느 편의점에서 늦은 점심을 라면과 김밥으로 때우고 있다.

"김 형사, 난 말이야 저 집 아버지라는 저 사람 도무지 이해가 안가. 허우대가 멀쩡해서 집에서 놀고 있으니, 그 부인하고 자식들이 얼마나 싫어하겠어."

"그러게요. 아무리 자기네 식구가 미워도 남들에게 핀잔을 받거나 싸움이 일어나면 피는 물보다 진하다고 서로 편이 되어 주는데, 저 집 부인은 오히려 자기 남편이 도둑을 죽였을 것이라고 먼저 조사할 것을 부탁하니 참 알 수 없는 집안이네요."

"내일부터 내가 저 남자를 미행할 테니까 김 형사는 막내랑 나머지 사람들 수사를 맡아주길 바라네."

아침부터 집안에 심상치 않은 분위기가 서려 있다.

이마에 힘이 들어간 주름살이 찍히며, 심술궂은 눈으로 그 어떤 상대라도 본인 앞에 굴복시키고 말겠다는 강한 의지가 담긴 표정으로 아버지는 엄마를 노려보고 있다. 엄마도 그런 아버지의 어긋난 가치관에 굴복당하지 않으려 두 눈을 크게 뜨고 맹수와 같은 표정으로 맞서고 있다.

내가 아버지 때문에 제멋대로 불량하게 자랄 수도 있었지만 끝내 그러지 못한 것은 바로 엄마 때문이다. 우리 집에서 죽지 못해 오로지 자식들만을 생각하며 평생을 살아오신 어머니. 나까지 그런 엄마를 힘들게 했다면 아마도 지금 그런 엄마의 모습은 볼 수 없었을 것이다.

형과 동생은 출근했고, 엄마는 모처럼 쉴 수 있는 날에 아버지와의 전쟁을 시작 중이다. 난 출근 시간이 아직 멀었지만, 일찍 이 집을 나서고 싶어 옷을 갈아입고 밖으로 나가려 하였다. 그때 아버지도 외출하려는지 신발을 신고 있다.

"아버지, 오늘은 또 뭐 때문에 엄마랑 싸우세요?"

"시끄러워! 이 새끼야."

아버지 몸에서 풍기는 싸구려 향수 냄새와 뒤섞인 담배 냄새는 더 이상 타인으로 하여금 그 어떤 방법으로도 공격할 수 없도록 미리 쳐 놓은 보이지 않는 보호막처럼 보인다. 그렇듯 아들의 의견을 귀담아들으려조차 하지 않고 조용히 묵살하고 있다.

잠시 후, 아버지가 밖으로 나가고 김남훈이 나가려는 모습을 본 엄마는 오늘도 심약한 눈으로 지친 몸을 간신히 일으킨다.

방문을 열고 아들을 쳐다보는 애처로운 엄마의 모습을 보니 순간 울화가 치밀기 시작했다. 그러나 바로 고개를 숙이곤 "저, 일 갔다 올게요." 하며 그 자리를 나왔다. 그가 밖으로 나가는 모습을 본 엄마는 "그래, 우리 둘째 아들 조심히 잘 다녀와라."라며 억지로 밝은 목소리로 아들의 출근을 배웅한다.

버스에 몸을 싣고 조금 가는데, 신호가 걸려 잠시 정차했다. 바로 옆 차선에는 검은색 외제 차가 눈에 들어왔다. 그 외제 차 안에는 네 명의 가족이 타고 있다. 평화로운 부를 만끽하고 풍요로운 삶을 엿볼 수 있는 모습들이 부럽기만 했다.

콩나물시루처럼 만원 버스에 시달리며 행복하지 않고, 가고 싶지 않은 가정으로 가야만 하는 처량한 신세가 저 외제 차 모습에서 더욱 짙게 각인되어 가는 것만 같다. 그렇게 짧은 착각을 하고 이내 버스는 목적지에 도착했다.

김남훈이 일하는 와와반점 입구 맞은편에는 지난번 만났던 형사들이 와 있다. 아마도 그를 만나기 위해 아침부터 왔나 보다.

'또 오늘은 뭘 물어보려고 아침부터 행차하셨을까?'

"안녕하십니까? 김남훈 씨."

억지로 가벼운 미소를 짓는다.

"예, 오늘 제가 아주 바쁜 날입니다. 사장님께서 한 달에 한 번씩 노인정에 찾아가 짜장면 식사를 무료로 대접하는 날입니다. 혹시 오늘 저에게 뭔가 캐려고 왔다면 정중히 거절합니다."

김남훈이 이렇게 말하며 급히 식당으로 들어가려고 할 때, 한 형사가 그의 앞을 가로막는다.

"그럴 것 같아서 저희가 미리 와와반점 이덕영 사장님께 양해를 구하고 김남훈 씨와 잠깐 이야기를 나눌 수 있도록 허락을 받았습니다."

김남훈은 아무 말 없이 두 형사의 얼굴을 번갈아 쳐다본다.

"김남훈 씨, 그날 사건이 있던 새벽 05시 전에 혹시 아무 소리도 듣지 못했습니까? 분명히 식탁에서 병이 바닥에 깨지는 소리를 들었으리라 짐작이 가는데요."

형사의 물음에 그는 짜증 섞인 목소리로 답한다.

"형사님, 제가 모든 일이 끝나고 내 방으로 들어가 잠드는 시간이 몇 시나 되는지 아십니까? 아무리 빨라도 자정 이후는 돼야 잠자리에 듭니다. 못 믿겠으면 오늘 자정에 우리 집으로 오셔서 확인하시죠! 그게 귀찮으면 저기 사장님께 제 퇴근 시간을 물어보던가요?"

그러자 두 형사는 진짜 확인을 하려는지 식당 안에서 분주히 움직이고 있는 사장을 여러 번 쳐다본다.

"이상하군요. 작은 병도 아니고 큰 유리로 된 주스 병에 김주한 씨가 만든 아몬드 차를 넣고 늘 사용한다고 했습니다. 그 큰 유리병에 음료수도 가득 들어있었다면 분명히 바닥에 떨어지면서 꽤 큰 소음을 듣고도 남을 텐데, 식구분 누구도 그 소리를 듣지 못했다고 하니 참으로 이상한 일입니다."

답답하다는 표정을 노골적으로 보이는 형사의 표정에 더욱더 짜증스러운 표정으로 답례라도 하듯 김남훈은 한 옥타브 올린 목소리로 말한다.

"이봐요, 형사님! 좀 전에 제가 한 말은 벌써 잊어버리셨습니까? 아침 10시 30분에 출근해서 밤 11시 퇴근하면 몸이 파김치가 돼서 지친 몸을 씻고 자정이 넘어 잠들기 시작합니다. 누가 업어가도 모를 정도로 곯아떨어진다고요! 그깟 병 하나가 깨진다고 누가 신경이나 쓰겠습니까?!"

이때, 식당 안에서 "아직 면담이 끝나지 않았습니까?" 하며 사장이 온몸에 땀이 범벅이 되어 조용히 묻는다.

"전, 일해야 하니깐 더 궁금한 것이 있으면 저희 아버지께 물어보세요. 온종일 집에서 숨쉬기 운동만 하시는 분이라 혹시, 그날 새벽에 무슨 소리라도 들었는지 모르는 일이니깐요. 그리고 제발 부탁인데, 더는 그런 일로 저희 식구 귀찮게 하지 마세요. 모두 아버지 잘 만난 덕분에 아주 힘겨운 삶을 살고 있는 중이랍니다."

그리곤 뒤도 돌아보지 않고 사장이 있는 곳으로 들어간다.

그가 안으로 들어가자 민병철은 담배 하나를 입에 물고 물어본다.

"선배님, 진짜로 그 시간에 아무 소리도 듣지 못했을까요?"

김은혁 형사가 큰 한숨을 쉬며 말한다.

"휴~, 나도 그게 의문이야. 내가 그 집 식탁 밑바닥을 유심히 살펴봤는데, 바닥은 시멘트로 되어 있고 무척 단단하게 만들어져 있어서 음료수병과 그 무게를 봤을 때도 두 개가 서로 충돌이 있었다면 분명히 적지 않은 소음이 났을 거야. 그런데도 그 집 식구 누구도 약속이나 한 것처럼 듣지 못했다고 주장을 하니, 이거 참 믿어야 할지 모르겠구면."

그러면서 휴대전화기를 들고 안성환 형사에게 전화를 건다. 그러나 무슨 급한 일이 있는지 전화를 받지 않고 문자메시지가 왔다는 신호가 온다.

응, 나야!
내가 지금 통화를 못 해서. 무슨 일 있어?
– 안성환 –

예. 다름이 아니라 방금 김남훈을 조사했는데
특이한 점은 아직 발견하지 못했습니다.
– 김은혁 –

수사가 이제 시작이니깐 좀 더 시간을 두고
사건의 혐의점을 찾아보라고.
– 안성환 –

그래야겠습니다.
근데, 선배님은 지금 어디에 계세요?
– 김은혁 –

그 집 아버지를 미행하고 있어. 여기는 마장동.
– 안성환 –

마장동이요??? 그 아버지가 거기서 뭘 하고
있는데요?!

– 김은혁 –

어떤 중년의 여자와 만나고 있어. 지금 커피점에서
둘이 커피를 마시는데 나도 그 뒤에 숨어서 있고.

– 안성환 –

뭐 하는 여자입니까?
혹시 내연의 관계…….

– 김은혁 –

아직은 잘 모르겠어.
좀 더 뒤를 밟아 봐야 할 것 같아.

– 안성환 –

백수가 여러 가지 하고 있습니다.
그러니 식구들이 모두 싫어하죠.

– 김은혁 –

그러게나 말이야. 저 아버지 미행이 끝나면
난 경찰서로 갈 테니, 두 사람도 시간 맞춰서 보자고.

– 안성환 –

예, 알았습니다. 저희도 김회옥을 만나고
경찰서로 들어가도록 하겠습니다.

– 김은혁 –

그래, 수고!

– 안성환 –

김은혁이 문자를 끝내고 이번에는 다시 주소록에 이름을 검색한다. 그곳에 '김회옥'이라는 이름이 보이자 메시지를 입력한다. 그 모습을 지켜보던 민병철이 궁금한 표정으로 묻는다.

"누구한테 문자를 보내세요?"

"그 집 딸. 볼 일이 있으면 문자로 하라고 해서."

안녕하세요?
김은혁 형사입니다. 잠시 뵀으면 하는데요.

아, 예! 그런데 제가 오전에 한 건의
재판이 있어서 오후 3시쯤 괜찮으시겠습니까?

알겠습니다. 그럼 오후 3시까지 사무실 근처에서
다시 연락드리겠습니다.

예. 그럼 이만.

문자를 끝내고 다음 행선지로 가려던 두 형사는 갑자기 민병철 주머니에서 울리는 휴대전화 벨 소리에 걸음을 멈춘다.

"예, 예……. 그래요?! 이거 말로는 안 되겠구먼! 날도 더운데, 아주 더 열 받게 하고 계시네. 거기서 기다리라고 하세요. 제가 곧 거기로 가겠다고."

통화가 끝난 민병철은 화를 참지 못하고 오른 주먹으로 왼손의 바닥을 세게 치며, 아직도 씩씩거리고 있다. 그런 민병철을 보고 있는 김은혁이 궁금한 표정으로 묻는다.

"무슨 전화이기에 그렇게 열을 내고 있는 거야?"

"있잖아요, 지난번 저 피똥 싸게 한 인간들이요."

"하하하, 그게 아직도 진행형이야?"

"무슨 말씀이십니까? 그때, 세균들을 돈까지 내고 먹는 바람에 3일간 설사를 했는데. 나중에는 항문 속살이 바깥으로 빠져나와 제대로 걷지도 못했다고요!"

"그래서 지금은 괜찮아?"

"당연히 괜찮죠. 병원에 가서 주사 맞고, 약 먹고, 죽 먹고 정말 죽을 고생을 다 하고 간신히 제자리로 돌아왔는데……."

"하하하, 그럼 그걸로 됐지. 다음부터는 그 집에서 족발 안 사 먹으면 되잖아!"

민병철은 경험해 보지 못한 김은혁의 발언에 약이 오른 듯 화를 낸다.

"아마 선배님 같으면 지금쯤 탱크로 그 야식집 다 때려 부쉈을걸요! 남의 일이라고 함부로 말씀하시는 거 아니예요!"

여전히 민병철의 눈치를 보며 웃고 있다.

"그래서, 지금 수사 중에 어떻게 하려고?"

"어떡하긴 뭘 어떡합니까? 당장 응징을 해야죠!"

"응징?"

그 말에 더 크게 웃는다.

"예, 지금 관할구청 위생과에 그 세균 판매자가 와서 있다고 하니. 잠시만 다녀오겠습니다."

"그냥 조용히 살 수는 없고?"

"그렇게는 절대 못 합니다. 이 사회에 청결한 음식문화의 밝은 미래를 위해서 이 한 몸 희생할 것을 다짐했습니다."

"다짐, 이번엔 또 다짐까지 했다고?!"

"예! 대한민국에서 저같이 혼자 사는 인간들을 위해서 그렇게 하기로, 저 스스로 다짐했습니다."

뭔가 결의에 찬 표정으로 하늘을 바라본다.

"하하하, 알았어. 그럼 그렇게 해. 나 혼자 김회옥 면담하고 경찰서로 갈 테니까, 당신도 그 다짐한 일 잘하고 경찰서에서 보자고."

그렇게 두 형사는 각자의 업무로 떠난다.

오후 3시가 조금 지나고 두 사람은 작은 커피점에서 이야기를 나누고 있다. 형사는 조심스럽게 김회옥을 보며 입을 연다.

"김회옥 씨, 왜 가족분들은 아버지를 그토록 싫어하십니까? 저도 우리 아버지와는 그리 좋은 사이는 아니지만 그래도 제 아버지인지라 속으로야 싫고 미워도, 겉으로 남들 앞에서는 그것을 감추는 것이 최소한의 배려인데 제가 느낀 김회옥 씨 아버님은 모든 가족분이 꼭 가족이 아니기를 바라는 것처럼 느낌이 와서요."

이 말을 하고 김은혁 형사는 조심스럽게 그의 눈치를 살핀다.

김회옥은 마시던 찻잔을 테이블 위에 살며시 내려놓고 통유리로 가려진 밖을 바라보며 이내 입을 연다.

"정확히 보셨습니다. 저희 아버지가 갖고 있는 이상주의는 오로지 가족들을 괴롭히고 고통받게 하는 것에 불과합니다. 자식으로서 이런 말을 해서는 안 되지만, 어떤 때는 아버지가 빨리 죽었으면 하는 못된 생각들도 여러 번 했었습니다."

이 말에 김은혁은 그동안 가족들이 받아야 했을 고통의 본질이 무엇인지 궁금해지기 시작했다. 그러나 그것이, 자신이 맡고 있는 사건과 공통성이 있다고 판단되지 않는다는 것을 느끼자 바로 다른 질문으로 넘어갔다.

"좋습니다. 그럼 몇 가지 질문드리겠습니다."

김회옥은 아무 말 없이 형사를 쳐다본다.

"가족 중에서 혹시 새벽에 볼일을 보는 분이 계신가요? 예를 들면 화장실을 가거나 물을 마시러 주방으로 간다는 등등 아무거라도 좋습니다."

이 말에 그녀는 잠시 무언가를 생각하듯 눈알을 살짝 굴려가며 상대의 눈을 피해 대답한다.

"새벽에 나와서 일부러 뭘 하려는 사람은 없을 겁니다. 혹시 모르죠. 갑자기 배탈이 나거나 목이 말라 움직이면 모를까요."

그러면서 한 손에 집게손가락으로 찻잔의 옆구리를 살짝 톡톡 치는 것이 김은혁 눈에 감지되었다.

"집에서 죽은 절도범은 불행하게도 모든 가족이 이용하는 냉장고 안의 음료수를 마시고 죽었습니다. 그 안에 청산가리가 들어있는 것을 모르고……."

순간 김회옥이 깜짝 놀란다.

"청산가리요?!"

상당히 놀란 반응에 김은혁은 뭔가 의심스러운 그녀의 행동을 주시한다. 잡고 있던 찻잔이 희미하게 떨리며 무언가 급히 숨기려는 사람처럼 안색이 변한다.

"……."

'이상하다. 아버지와 어머니 그리고 짜장면 배달원은 음료수에 청산가리가 들어있다고 말해도 아무런 반응이 없었는데, 지금 김회옥은 뭔가 안다는 것처럼 전혀 다른 반응을 보이고 있어……'

이때 김회옥의 휴대전화기에서 벨이 울린다. 짧은 통화를 마치고 형사에게 갑자기 사무실에 급한 일이 생겨 가봐야 한다며 자리에서 일어나 밖으로 나간다. 그 모습을 지켜보던 김은혁은 가늘게 두 눈을 뜨며, 투명한 유리 밖 김회옥이 사라진 거리를 쳐다본다.

'이상하군, 뭔가가 숨기고 있는 것이 분명해. 청산가리가 나오자 갑자기 당황하며 그토록 불안해하는 이유가 뭘까?'

그렇게 의문에 싸인 것들을 수첩에 꼼꼼히 적고는 자리에서 일어나 김주한에게로 향한다.

서울 변두리에 자리 잡은 지하 작은 공장에는 보안을 위해서 그런지 창문이 없고, 여러 칸막이로 만들어진 작업실이 있다. 그곳에서 분주히 일하는 김주한을 찾아냈다.

김은혁은 사장실로 보이는 곳으로 가서 노크를 하고 그 안으로 들어갔다. 백발이 하얀 70대 초반으로 보이는 노인이 사무실 안에서 에어컨도 켜지 않은 채 온몸에 녹색 비닐 같은 옷을 입고, 얼굴에는 마스크와 눈에는 보안경까지 쓰고 있다. 열린 문으로 낯선 이를 발견하곤 하던 일을 멈추고서 김은혁이 있는 곳을 향해 빨리 문을 닫으라고 손짓한다. 그 모습에 아무런 영문도 모르고 재빨리 문을 닫는다. 잠시 놀란 마음을 진정하고 김주한이 있는 곳으로 갔다. 열심히 일하고 있는 그의 등을 살짝 두드렸다.

형사를 알아본 김주한이 짧게 말하고 일을 계속한다.

"지금 매우 중요한 작업을 하니 잠시만 기다려 주세요."

"당신 누구요?"

좀 전 사무실 백발의 노인이 마스크만 벗은 채 상대에게 묻는다. 이에 김은혁은 신분증을 보여준다.

잠시 후, 두 사람은 밖으로 나와 주변 편의점에 있는 의자에 앉아 이야기를 나눈다.

이야기를 듣는 내내 노인은 두 눈을 자주 깜빡였다. 덩달아 오른쪽 눈 옆에 있는 완두콩만 한 큰 점도 작게 움직인다.

"그런 일이 있었군. 주한이는 이곳에서 아주 성실히 자기가 맡은 일은 어떠한 어려움이 따라도 마다하지 않고 열심히 하는 착한 젊은 이입니다."

"그럼 사장님께서는 이제야 그 일을 알게 됐습니까?"

"주한이는 평소 쓸데없는 말을 하거나 공장에 피해가 될 일들은 전혀 하지 않는 성격이라……."

그러면서 갑자기 표정을 바꾼다.

"주한이가 이곳의 청산가리를 관리한다고 해서 절대로 그를 의심해서는 안 됩니다, 형사 양반."

갑자기 김은혁이 매우 놀란다.

"그러면 여기서 청산가리를 사용한단 말입니까?"

"그걸 몰라서 물으시오?!"

김은혁은 아직도 놀라움과 충격에 열린 입을 다물지 못하고 있다.

"이봐요, 형사 양반. 청산가리는 독극물이지만 그 독극물도 잘만 쓰면 아주 훌륭한 일을 합니다. 우리 공장에는 금을 만들고 난 후, 그 겉면에 묻은 금속성 때나 이물질들을 모두 깨끗하게 씻어 내야 합니다. 이럴 때 그 청산가리는 없어선 안 될 아주 중요한 재료라고 할 수 있죠. 그 속에 들어있는 '시안이온'이라는 물질 때문에 금을 씻어 주며 또 다른 용도로 사람까지 죽이는 역할을 병행해서 한다고 말할 수 있겠군요."

아직도 놀라움에 멍하니 서 한동안 아무 말이 없다. 그 모습에 사장은 옅은 웃음을 보낸다.

"이보시오, 형사님. 좀 전에 내 사무실로 허락도 없이 들어왔을 때 뭔가 보지 않았습니까?"

"그때, 저는 사장님께서 녹색 비닐 옷과 장갑을 끼고 얼굴에는 마스크와 보안경을 착용한 것 이외에는 달리 본 기억이 없는데요."

"그럼 내가 왜 무더운 이 날씨에 에어컨도 켜지 않고 그런 복장으로 있었겠소?"

이 말에 형사는 잠시 그때의 상황을 기억하려는 듯 살짝 두 눈을 감고 생각한다.

잠시 후, 한 손으로 자신의 이마를 살짝 친다.

"맞다. 그 흰색, 설탕처럼 생긴……."

"워낙에 위험한 물질이라서 공장에서는 사장인 나와 주한 군이 책임을 지고 있지. 오늘은 주한 군이 아주 바빠서 내가 그것들을 정리하고 있었소."

이때, 노인의 핸드폰이 울린다. 그러고는 두 사람 모두 그곳을 나온다.

"주한 군이 바쁜 작업을 모두 끝내고 지금은 좀 여유가 있으니 그를 만나서 잘 이야기해 보시오. 절대로 그 청년은 누굴 죽일 만큼 배짱도 없는 사람이라는 것을 알게 될 것이오."

그러면서 지하공장 사무실로 들어감과 동시에 계단을 통해 김주한이 형사가 있는 쪽으로 올라오고 있다.

"오래 기다리셨습니다."

살짝 고개를 숙이는 김주한에게 형사는 잠시 머리부터 발끝까지 훑어보고 있다. 자신의 몸 전체를 스캔하는 상대방을 보며 그도 같은 방법으로 쳐다본다.

"김주한 씨, 죽은 절도범이 왜 죽었는지 알고 있습니까?"

"예, 청산가리라고 어머니께 들었습니다."

"그럼, 만약 김주한 씨가 경찰이라면 이 순간을 어떻게 받아들일지 무척이나 궁금합니다."

형사의 굳은 표정 속에는 범인에 대한 불신과 부정적인 감정이 묻어 있다. 그의 마음속에는 '네가 범인이지!'라며 외치는 것 같았다. 그러나 형사의 예측이 틀렸다는 것을 증명이나 하듯 김주한 역시 진지한 표정으로 고개를 좌우로 크게 도리질한다.

"여기서 내가 청산가리를 관리한다고 해서 우리 집으로 들어온 도둑이 여기에 있는 청산가리를 먹었다는 증거는 어디에서도 찾아볼 수 없다고 생각하는데요!"

이 말에 형사는 옅은 미소를 띤다.

"인간이란, 어떤 판단을 하려 할 때 그 판단이 정확하리라고 믿는 사람들은 그리 많지가 않을 것입니다. 이는 상황에 따라 판단은 기준이 모호하며, 시간이 지날수록 곧 그 판단이 잘못됐다고 후회하는 일이 많기 때문입니다. 지금 제 눈에 보이는 김주한 씨가 그런 예라고 생각되는 이유가 뭘까요?"

"저는 그 절도범이 누군지도 모릅니다. 또 그 절도범을 죽일 이유도 없고요. 단지 내가 이곳에서 청산가리를 쓴다는 이유로 나를 범인으로 생각하는 형사님의 깊지 못한 추리력과 수사에 깊은 유감을 표명합니다."

"저도 짧은 시간 동안 여러 가지로 김주한 씨 입장에서 생각을 해봤습니다만, 확률상 믿기 어려운 우연의 일치일 것입니다. 그러나 그 우연의 일치가 하필이면, 왜 자신과 일하는 것에 관련이 됐는지 아무리 이해하고 어떠한 일관성을 찾으려 노력해 봐도 '이건 아니다.'라는 결론만 내리게 되는군요. 김주한 씨."

용의자라고 확신한 형사는 '이젠 모든 것을 털어놓으시지.' 하는 표정으로 그를 쳐다보고 있다. 김주한의 변명이 거짓임을 증명하려는 형사의 얼굴에 대고 이렇게 대답한다.

"형사님이 틀렸습니다. 나를 범인으로 단정 짓고 잡아가려면 더욱더 견고하고 확실한 증거를 가져오셔야 할 것 같은데요."

김주한은 이렇게 말하고 등을 돌려 계단을 통해 왔던 길로 다시 향한다. 그의 뒷모습을 본 형사는 김회옥이 왜 청산가리라는 말이 나오자 그토록 불안해했는지 작게 고개를 끄덕인다.

─ 경찰서 강력반 ─

"지금부터 지난 8월 3일에 있었던 청산염 살인사건의 중간 브리핑을 시작하겠습니다."

안성환이 일어나 준비된 자료들을 발표한다.

"사건번호 17-2, 사건 수사 경과일 26일째. 지금까지 수사에 착수한 중간 결과, 용의자로 그 집 큰아들 김주한으로 의심된다. 그 이유는 사체에서 나온 청산염은 일반인에게 쉽게 반출이 될 수 없는 특수한 화학적 물질로서, 그 용도에 따라 특수하게 지정된 장소와 사람에게만 판매가 가능하다. 굳이 이 약품을 손에 넣으려면 인터넷을 통한 밀거래는 이루어지나, 만약 적발 시 판매자와 구매자 모두 처벌을 받게 된다. 그러므로 죽은 절도범은 사건 당일 물건을 훔치거나 목이 말라 그 집 냉장고 안의 음료수를 마시고 그 자리에서 사망. 사망 당시 모든 집안의 사람들은 잠이 들어 아무것도 듣지 못했다고 일관된 진술을 한다. 그리고 그 집 가장인 아버지를 미행한 결과 아직은 뚜렷한 혐의점과 의심이 될 만한 행동들은 볼 수 없었으나 40대 후반으로 보이는 어느 중년의 여인과 자주 만나는 것이 목격됐습니다."

"야! 백수가 재주도 좋아. 꼴에 바람까지 피우고."

과장이 큰소리로 혼자 말한다.

"발표 다 한 거야?"

"예, 저는 여기까지만 조사를 했고 다음은 김은혁 형사가 이어 갈 것입니다."

"예, 계속해서 관련 수사에 관한 보고 올리겠습니다. 조금 전에도 계장님이 유력한 용의자로 김주한을 지목했습니다. 저 또한 그를 지목하고 있습니다. 아직은 확실한 증거를 찾지 못했지만, 그 집에서 청산염이 든 음료수를 누군가가 먹어서 죽었습니다. 그럼 그 청산염을 쉽게 접할 수 있는 사람이 유력한 용의자로 의심이 되는데 그렇다면 김주한은 무슨 이유로 어떻게 도둑이 그 시간에 올 것을 미리 알고 그곳에 청산가리를 넣었을까요? 상당히 미스테리한 일입니다."

과장이 중간에 끼어든다.

"혹시 김주한과 죽은 절도범이 서로 아는 사이는 아닐까? 아니면 김주한이 그 절도범과 무슨 짓을 꾸미고 있다던가 또는 빚을 많이 진 김주한이 그 절도범에게 돈이 없어 갚질 못하니깐 그 시각에 오라고 해서 유인한 다음 독이 든 음료수를 마시게 하고는 지금까지 오리발을 내밀고 있다."

"그래서 제가, 죽은 절도범과 김주한의 연관성을 조사했지만 단 한 건도 연관성을 찾아보기 힘들었습니다."

"그럼 김주한은 지금까지 뭘 하고 있으며 무슨 말을 하나?"

"예, 아직까지도 아무 일 없다는 듯 직장에 잘 다니고 있습니다. 제가 가서 사건을 추궁할 때마다 계속 원론적인 답변만 하고 있습니다."

"원론적인 답변만 한다고?!"

과장의 얼굴이 이지러진다.

"예, 자기를 찾아오려면 확실한 증거와 함께 오랍니다."

"건방진……."

이때 과장의 눈에 민병철이 들어왔다. 두 눈이 마주친 민병철은 얼른 눈길을 피해 바닥으로 내린다.

"이봐, 민병철 형사. 어디 조사한 자료 좀 발표해 보시게나."

그러자 그는 한 손으로 자신의 뒷머리를 만지작거리며 주변 눈치를 살피고 있다. 김은혁과 안성환은 두 사람 행동을 지켜보곤 억지로 웃음을 참고 있다.

"이봐, 지금까지 수사한 내용을 보고하라고. 귀가 먹었어?"

여전히 주변 눈치를 살피며 민병철은 두 눈을 지그시 감는다.

"저……, 사실은……."

"그래, 뭐가 어떻다고?!"

"저, 사실은 제가 다른 일이 좀 있어서 그것을 먼저 해결하느라고 독극물 관련 수사를 아직……."

"뭐!"

과장이 기가 막힌다는 표정으로 쏴본다.

"……."

"그럼, 강력반으로 넘어온 사건이 이것 말고 또 있다는 거야?!"

"아닙니다. 그게…… 그러니깐…… 저기……."

"뭐야 이 사람아! 답답해 죽겠네."

모든 것을 포기하고 심청이가 인당수로 몸을 던지는 심정으로, 자신이 입고 있는 크고 긴 웃옷을 두 손으로 잡고 얼굴로 올려 흐르는 땀을 닦는다.

"지난번에 제가 족발을 잘못 먹고 배탈이 나서 그 원인을 찾아봤더니……."

"찾아봤더니!"

과장이 인상을 찡그린다.

"그 족발을 먹기 전에 약간 냄새가 났었습니다. 그래서 좀 이상하다는 느낌이 들었지만, 돼지고기 특성상 날 수도 있다고 판단되어 그냥 그것들을 먹었는데, 그만 다음 날 새벽부터 피똥을 싸며 제 뱃속에서는 큰 전쟁이 일어났었습니다."

"그래서."

과장이 한심한 표정으로 바닥을 쳐다본다.

"그래서, 저는 그러한 위생 상태가 불량한 그 족발집을 찾아 반드시 응징하기 위해 제가 직접 발로 뛰고 찾아서……."

듣다 못한 과장이 큰 한숨을 쉰다.

"어휴, 그럼 당신 이야기는. 돈 주고 사 먹은 족발이 상했는데, 가만히 생각해보니 돈도 아깝고 열도 나서 당신이 직접 그 족발집 주인을 찾아가서 따지느라고, 강력반 형사가 배당받은 사건을 뒤로하고……."

과장은 지그시 눈을 감는다.

그 모습을 본 김은혁과 안성환은 웃음을 참지 못하고 킥킥대며 작게 웃고 있다. 민병철은 고도의 긴장과 초조함으로 과장의 얼굴을 쳐다본다.

그리고 잠시 후, 과장이 뜻밖의 질문을 던진다.

"그래서, 결과가 어떻게 됐어?"

예상치 못한 질문에 민병철은 큰 힘이 실린 목소리로 답한다.

"예! 제가 그 못된 족발집 주인을 잡아 구청 위생과에서 취할 수 있는 법적 조치들을 모두 다 취하고 다시는 그러지 못하도록 손을 써 놓았습니다. 국민의 안전한 먹거리와 깨끗한 음식문화 선도를 위해 제가······."

과장이 우는 표정으로 민병철의 씩씩한 목소리를 중간에 자른다.

"야 인마! 그래 구청 위생과에 신고하면 거기서 다 알아서 할 일인데. 굳이 네가 나서서 그것도 살인사건 배당받은 형사가 그 짓을 하고 돌아다녔다고! 너 지금 당장 그 구청 위생과로 내가 보내줄 테니, 내일부터 여기로 오지 말고 네 말대로 국민의 안전한 음식문화를 위해서 열심히 한번 해봐."

그러곤 엄지손가락으로 두 관자놀이를 지그시 누른다.

"이봐 계장!"

"예, 과장님."

출입문 쪽으로 천천히 걸어가는 과장을 쳐다본다.

"다음 3차 브리핑 때는 이러면 안 된다."

그러면서 가던 길을 갑자기 멈추고 민병철을 도끼눈으로 쳐다본다.

"야! 다음 브리핑 때는 아무도 발표하지 말고 너만 하는 거야, 알았어? 오늘 못한 거까지 모두 다 준비해서 그때 모조리 발표하라고. 그리고 내가 저번에도 말했는데 이번 승진이 나에게는 마지막으로 할 수 있는 승진 기회야. 내가 승진해야 너희들을 도울 수가 있지 않을까? 민병철 형사님!"

민병철은 고개를 숙인다. 그렇게 과장이 나가고 형사 세 명은 경찰서 근처에 있는 식당으로 자리를 옮겼다.

"이봐 민병철, 족발에서 냄새가 났으면 먹지 말고 다시 전화해서 항의하고 환불을 받아야 할 거 아니야?"

"그때는 그 생각을 못했습니다. 입안에 이미 족발이 들어가고 나서 냄새가 나길래 원래 이런 냄새가 나는 줄 알았었죠."

이때 식당 주방에 있던 아주머니께서 그들의 이야기를 듣고 한마디 한다.

"족발은 그냥 삶으면 그 특유의 돼지 냄새가 아주 많이 난다우. 요즘같이 더운 여름철에는 아주 세심한 관리를 하지 않으면 금방 상하곤 하지. 그래서 그 돼지 냄새도 잡고 빨리 상하지 않도록 여러 한약재를 넣는 경우가 많아요."

이 이야기를 들은 민병철이 나선다.

"맞아요! 한약 냄새도 약간 났습니다. 만약 그 한약 냄새가 나지 않았다면 저도 족발을 먹기 전에 의심했겠죠! 두 가지 냄새가 서로 짬뽕이 돼서 설마 하고 먹었다가 제 배 속의 기생충들에게 혼만 났었습니다."

그들의 이야기를 듣고 있던 김은혁이 갑자기 그 자리에서 벌떡 일어난다.

"맞아! 내가 왜 그걸 이제야 알게 된 거지."

앉아있던 두 형사는 김은혁의 행동에 놀란다. 동시에 안성환이 묻는다.

"왜! 무슨 생각이 났는데?"

"냄새, 냄새가 있었습니다!"

"그러니깐, 무슨 냄새 말이야!"

이제야 다시 제 자리에 앉은 김은혁은 흥분된 목소리로 말을 이어간다.

"자, 이제부터 제가 하는 말을 잘 들어주세요."

세 사람은 둥근 식탁에 머리를 중앙으로 모으며 서로를 쳐다보고 있다.

"김주한의 집에서 죽은 절도범은 분명히 그 집 냉장고에 들어있던 아몬드 음료수를 아무 의심 없이 마셨으므로 죽음을 면치 못했던 것입니다.

"에이, 김 선배님. 그거야 당연하죠! 몰랐으니깐 마셨겠죠."

"그런데 말이야, 왜 몰랐을까?"

"그걸 질문이라고 하세요? 모르는 낯선 집에 들어가 목이 말라 냉장고 문을 열고 그 안에 있는 음료수병이 눈에 들어오니 그냥 마신 거죠!"

"그래, 맞아. 그런데 말이야 그 음료수에서 만약 아몬드 향이 아니고 다른 냄새가 나거나 아무 냄새가 나지 않았다면 그 절도범도 한 번쯤은 생각하지 않았을까? 민병철도 그 족발이 입에 들어가는 순간 약간의 비린내가 났었다고 했잖아. 방금 저 아주머니께서 말씀하셨는데, 족발은 냄새가 심하게 나니 그 속에 여러 향신료나 한약재를 섞어서 삶는다면 맛은 족발 맛이 나겠지만 냄새는 그 속에 넣은 향신료 냄새가 날 것으로 생각해. 그러므로 냉장고 속에 들어있던 아몬드로 만든 음료수를 더욱더 아몬드 음료라고 각인시킬 수 있는 장치나 속임수 같은 것이 분명히 있었으리라고 의심해."

김은혁의 말이 끝나자 두 형사는 무언가 깊이 생각한다.

"그럼 그 음료수에 청산가리를 넣었다면 그것을 철저히 숨길 이유가 분명히 존재했을 것이고, 그 숨긴 청산가리로 누군가가 마시기를 기다리고 있었다."

안성환이 말했다.

"전혀 불가능한 일이 아니라고 생각되는데요, 선배님."

"좋았어. 그럼 나는 그 집의 동태를 유심히 살펴볼 테니깐 김형사는 청산가리를 만드는 화학 공장으로 찾아가서 그 성분이 어떤 냄새가 나는지 알아보고, 민병철은 그 집 가족들을 다시 만나볼 수 있도록 하지."

그렇게 세 명의 형사는 각자 맡은 곳으로 출발한다.

2시간 후, 김은혁은 경기도에 있는 어느 화학 공장에 도착했다. 공장 사무실로 들어가자 40대 중반으로 보이는 남자가 김은혁을 쳐다본다.

"실례합니다."

자신의 신분증을 보여준다.

신분증과 얼굴을 번갈아 쳐다보며 묻는다.

"무슨 일로 오셨습니까?"

"예, 다름이 아니라 청산염에 관련해서 몇 가지 궁금한 것이 있어 이렇게 예고도 없이 찾아왔습니다."

그러자 중년의 남자는 잠시 무언가 생각을 하더니 어디론가 전화를 건다.

"이 대리, 여기 총무과야. 지금 공장으로 들어갈 수 있는 라인이 몇 번이라고 했지? 응, 그래 알았어."

짧은 통화를 끝내고 김은혁을 향해 말한다.

"곧 직원이 이곳으로 올 겁니다. 궁금한 것들은 그 직원에게 물으시면 됩니다."

"예, 감사합니다."

그러면서 손에 들고 있는 작은 수첩과 볼펜을 준비한다.

"누가 청산가리를 먹고 죽었나 보죠?"

이 말에 김은혁은 약간 놀란다.

"예, 그런데 어떻게 그걸······."

중년의 남자는 살짝 고개를 끄덕인다.

"1년에 우리 공장으로 찾아오는 사람들이 꽤 됩니다. 보험사 직원, 자식을 잃은 어느 부모님, 심부름센터 직원, 화학과 교수님 그리고 경찰분들······."

이 말에 형사는 또 한번 놀라며 중년의 남자에게 묻는다.

"그 사람들이 무슨 이유로 이곳을 찾아옵니까?"

"모두 사연이 있어서 그렇지요. 꼭 그런 것만은 아닌데, 청산염은 좋은 곳에 쓰기도 하지만 나쁜 곳에도 쓰이기 때문에 그것을 판가름하기에 분명히 선을 긋는다는 것이 꽤 어려울 때가 있곤 합니다."

김은혁은 작게 고개를 돌리고는 알 수 없는 표정을 짓는다.

그런 형사의 표정을 읽은 중년의 남자가 말한다.

"사람들은 이상하게도 누구를 죽이려 할 때, 대부분 그 죽이는 방법에서 고민을 하게 됩니다. 납치해서 땅에 묻거나, 차로 치거나, 칼로 찌르는 등 여러 가지 방법들이 있습니다만, 그것들은 많은 시간적 요소나 육체적인 활동들을 필요로 합니다. 그러나 청산염을 이용하여 죽이려는 사람을 쉽게 불러내 미리 준비한 음료수와 같이 마시게 한다면 그것처럼 쉬운 방법도 없겠지요."

그 말에 형사는 알 수 없는 상념에 빠져든다.

'지금 저 남자가 말한 내용은 과연 나에게 무엇을 알리려는 것일까? 이 세상에는 수많은 독극물이 있는데도 하필이면 왜 청산염만이 사람을 죽이는 일에 자주 쓰이는지 참으로 궁금하다.'

이때 30대 초반으로 보이는 어느 여자가 흰색 가운을 입고 그들이 있는 쪽으로 천천히 걸어와 남자에게 고개를 숙인다.

"응, 서울에서 오신 형사님이고, 이쪽은 우리 회사 청산가리 전문가입니다."

"이지애 대리입니다."

"김은혁입니다."

서로 작게 인사를 주고받는다. 그렇게 두 사람은 자리를 옮겨 어느 공장 창고에 도착한다. 그 안으로 들어가자 좀 전과는 다른 분위기가 눈 앞에 펼쳐진다.

"자, 이제 마스크를 벗어도 됩니다."

이 말에 형사는 쓰고 있던 마스크를 천천히 턱까지 내린다.

"아니! 이 냄새는?"

두 눈을 크게 뜨고 주변을 두리번거린다.

형사가 놀라는 모습에 이지애는 천천히 말을 이어간다.

"예, 아몬드 냄새죠. 청산염은 원래 아몬드 열매에서 풍기는 향이 납니다. 그 원액은 아몬드의 설익은 열매에서 추출한 성분을 우리가 다시 화학적 반응을 일으켜 청산염이라는 물질로 재탄생시키는 것이죠."

어리둥절한 김은혁은 다시 주변을 살핀다. 생수통만 한 큰 유리병에는 작은 설탕과 같은 것들이 가득 채워져 있고 밀폐된 병 입구에는 여러 겹으로 봉인된 붉은색 뚜껑이 작게 보였다.

김은혁의 놀란 모습에, 이지애는 당연하다는 표정으로 계속해서 말을 이어간다.

"우리가 시중에 팔고 있는 아몬드에도 아주 극소량의 청산염이 들어있다고 할 수 있습니다. 그러나 그 양이 매우 극소량이기 때문에 아무리 많이 먹는다고 해도 인체에는 아무런 해를 주지 않는 것입니다. 그러나 설익은 아몬드를 따서 제3의 물질들과 혼합한다면 결과는 크게 달라지게 됩니다."

김은혁은 아무 말 없이 두 눈만 깜빡이고 있다.

"다시 말씀드려서, 설익은 아몬드 열매와 설탕, 식초, 소금 또는 술과 같은 것으로 발효시킨다면 그것은 다시 독성을 지닌 청산가리로 변하게 되는 것입니다. 제가 대학에서 청산염을 공부할 때 교수님께서 그런 말씀을 해주신 기억이 납니다. 처음 아몬드 열매를 발견한 나라에서 자주 사람들이 무언가 먹고 죽었는데, 그 원인을 알고 보니 바로 설익은 아몬드 열매로 무엇인가 발효한 것으로 취식을 했던 사람들에게서 공통점을 찾을 수 있었다는 것이죠."

이지애는 자신이 알고 있는, 또는 김은혁이 무엇을 알고 싶어 했는지 미리 알았던 사람처럼 자신이 전공한 청산염의 비밀을 거침없이 내뱉었다. 반대로 지금도 정신없이 주변을 서성대는 김은혁이 질문을 던진다.

"그럼, 만약에 사람이 저 청산염을 먹게 된다면 입에서도 냄새가 날 수 있습니까?"

"물론입니다. 아무리 강한 향의 물질들도 처음에는 그 물질의 냄새가 날지는 모르겠지만 식도를 타고 위장으로 들어간 청산염의 독성이 다시 위 속에 들어있는 음식물과 혼합하여, 거꾸로 식도와 입으로 역류시킵니다. 바로 그때부터는 몸속에 들어있는 것들이 모두 밖으로 빠져나오고, 그 빈 공간을 청산염이 남아서 차지하게 되는 것입니다. 그래서 청산염을 먹고 죽은 사체들에서의 공통적인 특징이 있습니다."

"공통적인 특징이 있다뇨?"

두 눈을 크게 뜨고 이지애를 쳐다본다.

"바로 입에서 나는 아몬드 냄새라고 할 수 있습니다."

김은혁은 다시 한번 매우 놀란다.

"아…… 몬드 냄새라고요?"

"예, 그래서 간혹 이곳에 찾아오는 경찰분들께 제가 팁으로 알려 드리곤 하죠. 독극물로 사람이 죽었다면 입에 묻은 토사물을 제거하고, 코를 입에 대고 깊게 냄새를 맡아 보라고 말이죠."

전문가 설명에 모든 것을 이해한 형사는 눈앞에 보이는 여러 청산가리 병들을 쳐다본다. 그러면서 다른 한쪽으로 생각한다.

'김주한, 지금까지의 알리바이를 주장하면서 사건을 은폐하려고 했던 시기는 이것으로 끝이다. 너는 그 냉장고 속에 청산가리를 탄 음료수는 물론, 그 음료수의 색깔과 냄새까지도 이중 삼중으로 교묘하게 만들고 거기에 또 다른 쟁반에 아몬드를 수북이 담아서 함께 놓았구나. 머리를 굴려 가며 네가 넣은 아몬드 음료의 청산가리는 맛으로 보나, 냄새로 보나, 눈으로 보나 제삼자에게는 의심할 여지가 없는 달콤한 음료수가 될 수 있었다. 그 가면을 쓴 음료수를 아무것도 모른 채, 너희 집으로 들어온 밤손님은 누군가를 대신해서 지금도 차가운 영안실에 누워있는 것이다. 그럼 김주한은 무엇을 위해, 누구를 위해 그 냉장고 속 음료수에 청산가리를 넣었단 말이냐!'

아무 말 없이 멍하니 고개를 돌려 또다시 앞에 놓인 청산염들을 보고 있다. 이때 이지애가 묻는다.

"형사님, 더 궁금하신 것이 있습니까?"

그제야 형사는 이지애를 보며 옅은 미소를 보인다.

"됐습니다. 이지애 대리님 덕분에 사건의 실마리를 확실히 잡을 수 있게 되었습니다. 감사합니다."

살짝 인사를 하고 그곳을 나온다.

4장 잘못 끼운 단추

큰오빠, 요즘 많이 바쁜가 봐.

일주일 동안 집에서 한 번도 못 보네.

– 김회옥 –

응, 공장에 물량이 갑자기 늘어나서 출퇴근

도 없이 여기 기숙사에서 숙식 중이야.

– 김주한 –

힘들겠다.

그럼 언제쯤 집으로 올 수 있는데…….

– 김회옥 –

글쎄…… 확실히는 몰라도 2주일은

여기서 더 있어야 할 것 같아.

— 김주한 —

휴……. ㅠㅠ

고생이 많네, 우리 큰오빠.

— 김희옥 —

모두 잘 있지?

엄마는?

— 김주한 —

응, 다 잘 있어.

아빠만 빼고…….

— 김희옥 —

왜? 아빠가 또 무슨 일이라도 일으킨 거야?

뭐, 새삼스럽게 말할 것도 아니지만…….

— 김주한 —

한동안 뜸하더니, 요즘에 다시

밤늦게서야 집으로 들어오셔.

– 김회옥 –

아빠가 어떤 일을 하시든

관심은 없는데, 엄마는?

– 김주한 –

엄마도 늘

경험하신 일이라서…….

– 김회옥 –

그래, 근데 회옥이 너 나한테

무슨 할 말이라도 있는 것 같다?

– 김주한 –

큰오빠! 다름이 아니라. 우리 집에서 죽은

절도범 몸에 청산염이 나왔다고 그래서…….

– 김회옥 –

그래, 그렇다고 하는군. 너도 내가 그 아몬드
음료수에 청산염을 넣었다고 생각하니?

— 김주한 —

아니! 아니! 아니야! 이건 분명히
우연의 일치일 거야. 어떻게 큰오빠가.

— 김회옥 —

그럼 됐어. 넌 아무것도 신경 쓰지 말고
네 일 하면서 엄마도 잘 챙겨드려.

— 김주한 —

알았어, 큰오빠. ^^ 큰오빠가 시키는 대로 할게.
일 조심히 하고 조만간에 집에서 보자.

— 김회옥 —

그래, 고맙다. 조심히 들어가고 또 보자.
예쁜 내 동생.

— 김주한 —

큰오빠와 문자메시지를 주고받으면서 김회옥은 지금 사무실 동료들과 강남의 어느 일식집으로 와 있다. 매달 일이 밀려있지 않는 한 반드시 이곳에서 회식을 한다.

"우리 예쁜 김회옥 씨, 애인은 있어?"

맞은 편에 앉은 변호사가 약간 취기가 있는 목소리로 묻는다.

"예? 아니요. 아직……."

"김회옥 씨는 조금 더 있다가 시집을 간다고 합니다."

사무장이 맞장구친다.

"하기야, 직장이라고 뭐 좋은 걸 보고 배워야 좋은 일들도 많이 생기는 법인데, 이건 뭐 가진 놈이 덜 가진 놈 것을 뺏으려 하질 않나, 조강지처 멀쩡하게 살아있는데 바람을 피우질 않나."

그러면서 앞에 놓인 술잔의 술이 순식간에 없어지듯 입안으로 털어 넣는다.

"자, 자. 마시자고! 우리도 어떻게 보면 그런 인간들 덕분에 밥 먹고 사는지도 모르지. 수요가 있으면 반드시 어딘가에는 공급이 따라가는 법이거든. 참으로 요상한 법칙일세그려."

그의 술주정에 기분을 맞추려는지 사무장은 연신 술잔에 술을 따라주며 눈치를 살피고 있다.

"저 좀 잠깐……."

김회옥은 신발을 신고 밖으로 나왔다. 이젠 한여름 무더웠던 삼복더위는 물러가고 9월 초가 된 지금, 도심 거리는 그녀가 입은 치마 끝자락을 살며시 당겨주듯 조심스럽게 흔들리고 있다. 그 흔들림에 몸을 맡기듯 한 걸음 한 걸음 주변을 걷기 시작했다. 같은 서울임에도 이곳은 초저녁부터 비가 내렸었나 보다. 주변 인도와 건물들은 싱그러움이 물씬 묻어나는 청량함과 채 마르지도 않은 습한 기운을 맞이한다. 아마도 내일 새벽에 시작될 새 아침의 태양은 더욱더 눈부시게 피어오르게 할 것이다.

짧았던 거리를 뒤로하고 다시 동료들이 있는 곳으로 가려고 할 때, 어느 술집에서 낯설지 않은 사람의 모습이 눈에 들어왔다. 그것은 느끼할 정도로 머리에 기름을 처바르고 어울리지도 않는 구닥다리 복장이다. 옆으론 생기다만 못생긴 얼굴로 분홍색 잇몸을 드러내며 타인에게 자랑이나 하는 것처럼 김회옥이 싫어하는 아버지 옆에서 무엇이 그리도 좋은지 연신 웃음이 그칠 줄 모른다. 촌스러운 무대에 삼류 배우들이 벌이는 촌극들이 벌어지고 있다. 눈앞에 보이는 저 장면들이 급작스럽게 발생하는 당황스러운 혼란을 슬기롭게 대처하는 대담성이 그녀에게는 부족했다. 온몸 구석에서부터 쏟아져 나오는 경멸과 울분이 몸을 떨게 했다. 그리고 동시에 올 때는 보이지 않았던 룸살롱들이 즐비한 이 거리가 낯설게 느껴졌다. 그곳에서 나오는 손님들이나 접대부 모두의 얼굴에 향락적이고 음탕한 표정이 가득해 보였다. 그런 그들의 얼굴을 볼 때마다 알 수 없는 적개심이 부풀어 올랐다.

"김여사, 난 정말 그렇게 될 수 있다고 전혀 예상하지 못하고 있는데……."

좁은 어깨를 억지로 크게 보이려 힘을 준다.

"아이참, 김 사장님도. 저를 믿으시고 약속된 돈만 저에게 주신다면 제가 깔끔하게 처리해드릴 테니, 절대로 의심이나 걱정은 않으셔도 된다고요."

작은 핸드백에서 담배를 꺼내어 이내 그곳에 불을 붙인다. 그 모습을 본 남자는 급히 제지하며 말한다.

"이봐, 김여사. 아무 데서나 담배 피우면 요즘은 벌금을 문다고. 내가 지난달 종각역 3번 출구 앞에서 담배 피우는데, 어디서 숨어있다가 나왔는지 그곳을 단속하던 새끼가 갑자기 나타나서 벌금 스티커를 끊어주더라니깐! 그러니 조심해 이 사람아."

주변을 살피려 고개를 좌우로 살짝 돌리고 있을 때, 사람들로 가득한 어느 길가에 앞만 쳐다보며 두 주먹을 움켜쥔 자세로 걸어오는 한 젊은 여자가 눈에 들어왔다. 남자는 그 젊은 여자의 모습이 자신의 딸이라는 것을 금방 알아차렸다.

'아니 저년이 여길 어떻게…….'

이때 남자와 같이 있던 중년의 여자도 남자가 보는 곳으로 고개를 돌려 같이 보려고 하자.

"하하하, 김여사. 우리 다른 곳으로 가서 차나 한잔 더하고 갑시다."

남자는 그녀의 팔과 허리를 살짝 잡고는 억지로 그곳을 벗어나고 있었다. 그러면서도 남자는 자신의 딸에게 다른 여자와 함께 있었던 사실이 부끄럽기보다는, 오히려 며칠 더 집으로 들어가지 않기로 마음먹었다. 그 이유는 어차피 다른 여자와의 만남이 딸에게 발각되었으니 이제는 대놓고 외박을 할 수 있다는 기회로 활용하기 위해서이다.

한 가정의 아버지가 되었던 그도 과거에는 이런 인간이 아니었다. 누구나 그러하듯 아버지로서 책임과 본분을 다하며 정직하고 착한 남편으로 살았던 지난날의 과거에서 '그는 무슨 사연으로 그렇듯 자신은 물론이요, 아내와 자식까지도 삶의 피폐한 인생의 나락으로 떨어트리며 살았어야 했을까?' 하는 물음에 우리는 궁금해하지 않을 수 없다.

때는, 그가 젊은 시절 더 나은 삶을 만들기 위해 5년간 중동에서 일하며 틈틈이 돈을 모아 고국으로 돌아왔다. 부푼 꿈을 안고 잘 살길 바라는 마음에서 지인의 소개로 작은 사업을 하려고 했으나, 그만 그 지인이 사기를 쳐 모든 돈을 가지고 잠적했다.

몇 년의 세월이 지나 드디어 전국 방방곡곡을 찾아 헤매다 그 사기꾼을 찾았다. 그러나 그 사기꾼이 가져간 돈은 모두 썼다며 적반하장으로 나오자, 그의 태도에 화가 난 남자는 바닥에 있던 돌로 사기꾼의 머리를 내려쳤다. '찍' 소리도 하지 못하고 사기꾼은 그 자리에서 사망했다.

그 후, 30년 판결로 교도소에 갇혔다. 당시 집에는 아이들이 어린 나이에 세 명이나 있었다. 모두 엄마의 책임으로 돌아가게 되었다.

30년이라는 세월이 흘러 드디어 남자는 자신의 죗값을 대신했다. 사회에 다시 첫발을 딛는 순간 그의 나이는 이미 중년이 훨씬 넘은 나이가 되었다. 우리의 사회는 현실적으로 나이 많은 전과자를 받아주는 곳은 그 어디에도 없었다. 자신의 파괴된 과거와 거기에 따른 자괴감 그리고 너그럽지 못한 편견적인 사회는 다시 한번 잘살아 보려는 그의 인생을 가로막았다. 젊어서 어린 자식들에게 자상한 아버지로, 때로는 친구로 그렇게 선한 마음으로 행복하게 가족과의 삶을 꿈꿨던 그는, 지금 비뚤어진 세상에 대한 원한을 엉뚱하게 자신의 가족들에게 풀고 있다. 그것도 사람이 아닌 악마로 변하면서까지…….

그런 그에게도 모든 일과가 끝나고 지금은 집으로 돌아가는 길이다. 중간에 어느 주유소를 보더니 그곳으로 들어간다.

"여보쇼! 여기에 기름 좀 담아 주시구려."

"기름은 어디에 쓰려고 통에 담아가시는데요?"

"우리 집에 쥐새끼들이 우글거려서 옆집으로 쫓아버리려고. 동물이건 사람이건 그 자리에서 쫓아버리는 방법은 그 다니는 장소에 기름을 뿌려 놓으면 아주 간단하게 없어지지, 빨리 통에 담아 주쇼!"

그렇게 남자는 작은 통에 기름을 가득 담아 집으로 향한다.

점심 바쁜 시간은 지나가고 잠시 김남훈도 늦은 점심을 먹었다.

그리고 밖으로 나와 어느 집 담장 옆에 기대어 있다. 맞은 편 작은 정원이 보이는 곳에서 마른 낙엽을 태우는 구수한 향이 콧속을 자극했다. 고개를 들자 담벼락 사이로 흰 연기가 얌전히 올라가고 있다. 순간 주머니에 있는 휴대전화기가 울리기 시작했다. 발신자를 보니 사장님 번호가 찍혀 있다.

"예, 사장님!"

"응, 남훈아 어디에 있니?"

"식당 근처에 있습니다."

"가까이 있었구나."

"예, 무슨 일 있으세요?"

"방금 네 아버지 오셨다. 빨리 와."

아버지가 식당에 왔다는 소리에 방금 먹었던 점심을 토하려는 듯 입안의 양 혀끝에서 침이 고이기 시작했다. 그러면서 오늘 날짜를 생각한다.

'흥, 월급날에는 아주 약속이나 한 것처럼 당신의 돈인 양 그렇게 아무런 미안함이나 고마움 없이 빼앗아가려고 하시는구면.'

식당에 도착하자 아버지라는 사람이 앉아 짜장면을 먹고 있다. 그 모습에 낯선 사람들은 아버지가 신부님이나 스님처럼 인자한 얼굴을 하고 있지만, 단 한마디 대화만 해봐도 누구든지 사람은 겉과 속을 섣불리 판단해서는 안 된다는 교훈을 얻게 될 것이다. 또한 얼굴이 갖고 있는 매력을 상쇄할 정도로 크게 실망하게 된다.

"야! 물 좀 더 떠와."

명령조로 말하는 아버지를 한 번 힐끗 쳐다본 김남훈은 냉장고에서 물통을 꺼내어 식탁 위에 소리 나게 내려놓는다.

"이 새끼가 아버지한테……."

눈을 크게 뜨고 노려본다.

"빨리 드시고 밖으로 나오세요."

그리고 조용히 밖으로 나간다. 그 모습을 지켜보던 사장님과 사모님은 멋쩍은 표정으로 두 사람을 번갈아 쳐다본다.

잠시 후, 이쑤시개로 이를 쑤시며 큰 소리 나게 트림을 하는 모습으로 식당을 나오는 아버지와 그 모습을 본 아들은 흰 봉투를 아버지에게 건네곤 재빨리 뒤돌아 식당으로 가려고 한다.

"잠깐!"

순간 가던 길을 멈추고 아들은 천천히 고개를 돌린다.

"너 이번 달부터 월급 오른 거 다 알고 있으니깐 20만 원 더 가져와."

이 말에 김남훈은 어이가 없다는 표정을 짓는다.

"저 그냥 여기 그만둘래요."

"그만두면! 뭐 처먹고 살게! 누가 집에서 일하지 않는 자식에게 공짜 밥을 준다고 그런 말도 안 되는 헛소리를 하는 거냐?"

"아버지께서 그런 말씀을 할 자격이나 있나요?!"

"있지. 적어도 너희들을 낳고 키웠으니깐."

다시 이빨을 쑤신다. 그러더니 뭔가 입에서 나왔는지 입에 물던 이쑤시개를 바닥에 내뱉는다. 그런 아버지의 언행들을 보면서 김남훈은 계속해서 방어적인 말투로 아버지를 견제하고 있다.

"아버지는 우리를 낳기만 했지, 키운 건 엄마세요!"

이 말에 잔뜩 고깝다는 표정으로 아버지는 가래침을 툭 내뱉는다.

"카악, 퉤!"

"……."

한동안 말없이 서로를 쳐다본다.

"알았어. 알았으니깐. 네 말이 다 맞는 거로 할 테니깐, 빨리 나머지 20만 원 더 가져와."

한쪽 손을 내민다. 그 모습에 김남훈은 식당으로 들어가 사장에게 20만 원을 빌려 아직도 그 자리에 서서 손을 내밀고 있는 아버지에게 다가가 고개를 돌리며 나머지 돈을 건넸다. 그러자 자기 아들에게 받은 돈을 세어본 후, 정해진 목적지가 없는 장소로 가기 위해 그 자리를 떠난다.

"김주한 씨, 지금 우리랑 같이 경찰서로 동행하셔야 할 것 같습니다."

"무슨 혐의로 영장도 없이 날 잡아가려는 것입니까?"

경찰과 김주한은 서로 공감하지 않는 눈빛을 교환하며 김주한이 일하는 곳에서는 큰 소동이 일어나고 있다.

"당신이 경찰에게 항상 그러지 않았습니까? 확실한 근거를 가지고 오라고, 그래서 저희는 김주한 씨가 요구한 대로 모든 증거와 자료들을 준비했으니 경찰서로 같이 가서 그것이 정말 맞는 자료인지, 틀린 자료인지 확인을 하라고 부탁드리는 겁니다."

김주한은 피우고 있던 담뱃불을 벽에 비벼 끈다. 불 꺼진 꽁초를 버리려 주변을 두리번거리다, 자판기 위에 놓인 종이컵이 눈에 들어왔다. 그것을 조심히 들어 그 안을 보자 이미 여러 개의 꽁초가 탁한 검은색 물과 함께 꽂혀 있다. 김주한은 자신의 꽁초도 그 안으로 살짝 넣으며 종이컵을 제자리에 놓는다.

이 모습을 지켜본 형사는 신경질적인 반응으로 입을 연다.

"자, 이제 같이 가시죠! 저희도 조용히 모시고 싶습니다."

이때, 주변에 있는 공장 동료들과 사장이 함께 나와 김주한 주변에 모여 항의한다.

"이봐요! 우리 주한이는 법 없이도 사는 사람인데 뭔가 크게 잘못된 것이 아니고는 이럴 수는 없습니다."

"글쎄요. 그것은 우리가 판단하는 것입니다. 정말로 법 없이도 사는 사람인지 아닌지 지금 우리와 같이 가서 증명하면 될 게 아닙니까?"

점점 더 커지는 소란에 김주한은 직원들을 향해 말한다.

"뭔가 잘못된 일이 맞을 겁니다. 그러니 제가 가서 조사를 받고 다시 공장으로 돌아오겠습니다. 안심하시고 조금만 기다려 주세요."

이 말과 함께 김주한은 공장 주차장에 있는 경찰차를 타고 그곳을 떠난다.

경찰서 조사실에 도착한 김주한은 김은혁 형사와 단둘이 작은 조사실 안에서 서로의 입장 차만 주장하며 내세운다.

김은혁 형사가 서류철의 종이들을 이리저리 뒤적이며 김주한에게 질문한다.

"김주한 씨, 딱 일주일 만에 봅니다."

"그러게 말입니다. 서로 보지 않았으면 더 좋았을 텐데 말이죠."

"지구상의 모든 인간 중에 일부는 죄를 짓고 있습니다. 그 죄지은 인간이 있는 한, 우리 같은 인간도 함께 존재하기 때문입니다."

"제가 죄인이라고 생각하십니까?"

"물론입니다. 아니 확신합니다."

"빈말인 줄 알았는데 정말 준비를 철저히 하셨나 봅니다."

"김주한 씨가 그렇게 하라고 하지 않았습니까?

"제 말을 잘 듣는 사람은 제 동생들밖에 없다고 생각했는데, 이렇게 훌륭한 공무원이 있는 줄은 정말 몰랐습니다."

"지금 한 말은 칭찬으로 알겠습니다."

"물론 칭찬입니다."

조금 전까지 보여주었던 꾸며진 얼굴은 말끔히 사라지고 김주한은 당당하고 여유 있는 표정으로 형사에게 또박또박 답변하지만, 그런 모습에서 형사는 어딘지 모르게 부자연스럽기도 하다는 느낌을 받았다.

"좋습니다. 이제부터는 진짜 이야기들을 시작하도록 하겠습니다."

"당연하죠. 그래야만 내가 이곳에 온 이유를 알 수가 있으니깐요."

이 말을 들은 김은혁은 살짝 옆으로 미소를 보이고 한 장의 서류를 보여준다. 그것을 받아 든 김주한은 천천히 그 안의 내용을 읽어 가며 형사에게 반문한다.

"청산가리 냄새가 아몬드 향이 난다고 해서 제가 그 음료수병에 직접 넣었다는 근거는 없는데요."

"물론, 그렇게 답변하리라 예상했습니다."

김주한은 두 팔에 팔짱을 낀다. 그 모습에 형사는 진지한 표정으로 말을 이어나간다.

"자, 지금 우리는 사건이 있던 당신 집 냉장고 속으로 한번 들어가 보겠습니다. 8월 3일 새벽, 그 냉장고 안에는 당신이 만들어 놓은 아몬드 음료수를 담은 유리병과 그리고 큰 접시에 수북이 담겨 있는 아주 잘 볶아진 아몬드가 들어있었습니다. 그리고 가장 중요한 또 하나! 그것은 아몬드로 만든 음료수에서 풍기는 아주 고소한 냄새도 함께 들어있었죠."

이빈에는 다른 서류를 김주한에게 보여준다.

"형식적이지만 국과수에서 보내온 부검 결과와 그 성분을 입증하는 자료입니다."

김주한은 두 번째 서류를 보고 아무 말 없이 김은혁에게 건넨다.

"제게는 아직도 그다지 고무적인 증거자료라고는 생각되지 않는데요."

이 말에 형사도 여유 있게 답변한다.

"아직 시간은 많이 남았습니다. 천천히 기다려보세요."

"……."

"절도범이 당신네 집에서 죽은 이유를 잘 알겠지만, 누군가 그 주변을 잘 포장하고 잘 속이기 위해서 넣어둔 청산가리 때문입니다. 여러 겹으로 위장을 하여 누군가가 마시기를 기다렸듯이 그 누군가는 재수 없게 그것을 마셨고, 자의건 타의건 그 음료수를 마신 사람은 황천길로 가게 된 것입니다."

"그럼, 그 절도범의 황천길을 내가 보냈다는 겁니까?"

호의적인 태도로 그에게 일관하던 김주한은 돌연 마음이 바뀌었는지 한 톤 더 높은 목소리로 팔짱을 낀 채 답변에 응하고 있다.

"당신이 지금 나에게 보여주고 있는 언행들이 타당하다고 생각합니까?"

김은혁이 묻는다.

"타당하지 못할 건 또 뭐가 있습니까?"

형사는 김주한의 눈빛에서 읽을 수 있는 정체 모를 진실을 캐고 싶었다.

'보이지 않는 양면성의 심리가 작용하기 시작했지만, 결국엔 너도

여타 다른 범죄자들처럼 진실에 굴복하게 될 것이다.'

그러는 사이 갑자기 김주한 몸에서 핸드폰 진동음이 형사의 귀에 들리자 경고하듯 말한다.

"지금은 절대로 통화를 할 수 없습니다. 당장 핸드폰을 꺼내서 전원을 꺼주길 바랍니다."

그러자 김주한은 신경질적인 모습으로 자신의 핸드폰을 꺼내어 전원을 끈다.

"김주한 씨, 지금이라도 늦지 않았습니다. 저는 사건이 일어나고 지금까지 두 달간 당신네 가족 한 분 한 분 찾아가서 조사했습니다. 모두 착하고 서로를 위하며 많은 걱정을 하시는 가족을 보고서. 물론, 아버님은 빼야겠지요. 아무튼 그토록 싫어하는 아버지를 뺀 나머지 분들은 어느 가정보다도 정이 넘친다는 것을 직접 느끼고 목격했습니다. 특히 어머님께서 김주한 씨를 생각하는 마음은 정말로 제가 샘이 나고 부러울 정도였습니다. 그러니 그 소중한 가족을 위해서라도 지금 자수를 한……."

"무슨 소리를 하고 계세요!"

김주한이 자리에서 벌떡 일어난다.

"자수라니, 내가 무슨 짓을 했다고 자수를 합니까?!"

그 모습을 본 김은혁은 조용히 그 자리에서 일어나 김주한의 어깨를 보며 눌러앉으라고 눈짓한다. 김주한은 상기된 표정으로 온갖 상념에 젖은 듯 고개를 돌려 천장 위에 걸려 있는 전등갓을 쳐다보고 있다. 잠깐 두 사람은 아무런 말 없이 그 자리에 앉아있다가 무언가 결심이나 한 듯 형사는 김주한에게 직설적인 말로 입을 연다.

"좋습니다. 이젠 더 이상 기회는 없습니다. 지금 이 순간부터는 서로의 위치에서 최선을 다하도록 합시다."

형사는 김주한의 얼굴을 살짝 본다. 온도계의 빨간 실선이 급격히 올라가듯 얼굴도 급격히 붉게 변하고 있다. 마치 심경에 무슨 큰 변화가 온 사람처럼. 형사 김은혁은 다시 한 장의 서류를 꺼내어 상대에게 보여 준다.

"김주한 씨, 이 자료는 당신이 지난 8월 1일, 그러니깐 사건이 있기 이틀 전, 동네 CCTV에 찍힌 영상 사진과 시간 기록이 된 자료입니다. 8월 1일 저녁 19시 50분, 오른손으로 뭔가 들고 가는 사진이 있는 데 그것을 우리가 알아봤더니 아몬드를 아주 많이 사 가는 것을 알게 되었습니다. 그 이유가 뭡니까?"

사진에는 김주한이 한 손에 양파망처럼 생긴 자루를 들고 가는 모습이 보인다.

"잘 아시겠지만, 집에서 아몬드 음료수를 만들려고 꽤 많이 샀습니다. 많이 사야 싸게 살 수가 있으니깐요."

"정말입니까?"

"예, 정말입니다."

"사건이 나고 어머니께 이 음료수를 만드는 사람은 큰 아드님인데 그럼 아몬드는 누가 어디서 구입을 하는지 제가 물었습니다. 그러자 경동시장에서 어머님이 직접 산다고 하셨는데, 그날은 무슨 이유로 김주한 씨가 샀는지 궁금하군요? 늘 어머니가 사면 되는 것을, 어머니가 일하시는 식당도 경동시장인데 굳이 김주한 씨가 거리상 꽤 먼 거리를 돌아가면서까지 그것을 산다는 것이 저로서는 이해가 가질 않습니다."

이 말에 김주한은 어이가 없는 표정을 하며 웃는다.

"이봐요! 형사님. 나는 경동시장에 가서 아몬드 사면 안 된다는 법이라도 있습니까?"

"웃기지 마, 이 사람아!"

형사는 가지고 있는 서류철을 책상에 세게 내려친다.

"당신은, 당신네 식구들이 그토록 미워하는 아버지를 죽이기 위해 그곳에 청산가리를 넣었던 거야. 아마도 다른 식구들에겐 미리 알렸겠지, 아니면 당신 아버지가 마시는 시간에 맞춰 기회를 봤다거나……."

형사의 폭언성 발언에 김주한은 아무런 미동도 없이 옅은 미소를 띠고 있다.

"이봐, 김주한. 아직도 버틸 수 있는 여유가 남았다고 생각하나?"

형사는 흥분을 가라앉히고 다시 상대를 쳐다본다.

김주한이 형사에게 질문한다.

"형사님, 혹시 평소에 책을 많이 읽으시나 봐요?"

김주한을 노려보며 어이가 없다는 표정으로 형사도 웃고 있다.

"책 읽는 거랑 지금 당신 살인 혐의가 입증되는 거하고 무슨 상관이야!"

"상관이 있죠! 지금 형사님께서는 말도 안 되는 상상을 하고 계셔서요. 제 말이 틀렸습니까?"

이 말에 다시 김은혁은 벌떡 일어나 자신이 앉았던 의자를 잡고 구석으로 던져버린다.

"뭐라고! 좋았어. 그럼 결정적인 증거를 내가 보여주지."

서류철에서 다시 한 장의 자료를 찾아 김주한에게 던진다.

"이건 지난 8월 1일, 당신이 근무하는 직장 청산가리 사용 내역서야. 여기 보면 8월 1일, 63그램의 청산가리가 사용됐다고 장부에 기록이 됐는데, 실제로 그날은 아무런 작업도 하지 않았어. 왠지 알아? 그날은 납품했던 금괴가 불량으로 다시 당신네 공장으로 반품이 돼서 왔거든. 그래서 공장의 모든 작업자는 그 불량의 원인을 찾으려고 늦게까지 퇴근도 못 하고 말이야. 그런데 청산가리 사용 대장에는 분명히 '미사용 반납'이라고 확인한 흔적이 있어. 평소 당신을 믿고 성실함에 늘 모든 것을 맡겼던 사장은 사용하지 않았던 63그램을 당신이 알아서 잘 반납하리라고 믿었기에 서류에는 그냥 확인 사인을 했었지만, 그런 당신은 그것을 반납하지 않고 당신 주머니 속으로 넣었던 것이지. 당신 아버지를 죽이기 위해서."

김주한은 아무런 답변을 하지 못한 채 형사가 내민 여러 장의 수사 서류나 쳐다보고 있을 뿐, 자신의 혐의에 대해서 그 어떤 변명이

나 부정 없이 멍하니 앉아있다.

'내 앞의 형사는 논리적인 증거로 보란 듯이 나에게, 네가 확실한 범인이지?'라는 표정으로 확신에 찬 미소를 짓고 있다. 그러나 나의 표정은 형사의 논리적인 추론에 반박할 수 없었고 설령 반박한다 해도 부질없는 짓이다.

"……"

형사는 아무런 말 없이 김주한을 뚫어지게 쳐다본다. 한쪽 팔로 턱을 괸 채, 침묵의 시간만 흐르고 있다.

"김주한 씨, 침묵하고 묵비권을 남용하는 인간들은 결국엔 모두 지게 돼 있어. 왜냐고? 그 두려운 침묵 속에서 긍정이라는 암시가 숨어있기 때문이지."

자리에 앉아 책상 위에 펼쳐져 있는 서류들을 하나하나 정리하며 형사는 말을 이어간다.

"혹시 궁금해할까 봐 내가 한 가지 중요한 것을 알려주지. 그건 말이야 엉뚱한 곳에서 사건의 실마리를 잡았어. 뭐냐면? 당신네 집에서 사건이 발생하고 얼마 지나, 당신이 다니는 공장에서 한 건의 도난 신고가 들어왔어. 그 신고는 좀 전에 내가 말했듯이 청산염이 없어졌다는 신고였어. 정확하게 63그램이 말이야. 그 신고를 누가 했는지 알아?! 바로 당신이 다니는 직장 사장이 경찰에 신고 했더군. 평소 금보다 더 꼼꼼히 챙기던 청산염이 없어지자, 처음엔 자체적으로 찾으려고 큰 노력을 했더군. 이곳저곳, 구석구석, 이 사람 저 사람 공장의 모든 곳을 찾았지만, 그 없어진 63그램의 청산염은 그 어디에서도 찾지 못했다고 하더군. 그야 당연하지, 당신이 가지고 갔으니깐. 그런데 말이야, 나 같으면 그 청산염을 관리하는 사람을 제일 먼저 의심했을 텐데 당신 사장은 그렇게 하지 않았어. 평소 당신의 성실함과 그 믿음이 컸기에 상상도 못했던 것이지. 그 결과 절도 신고가 접수되고 우리는 당신이 퇴근한 다음 청산염 출입 대장을 자세히 살펴보았지. 그런데 하루 만에 당신이 가져갔다는 증거를 잡았어! 서류상으론 전혀 이상이 없어서 다른 곳을 수사하던 중, 특이한 것을 발견했지. 그것은 청산염 창고 문에는 두 개의 잠금장치가 되어 있는데 오전에 멀쩡하던 잠금장치가 점심때 보니 하나가 고장이 나서 사장이 점심시간에 모든 직원이 식사하러 나간 후, 수리공을 불러 교환을 했다고 하더군. 만약 당신이 진짜로 63그램의 청산염을 반납했다면 당연히 바뀐 잠금장치의 열쇠를 사장에게 문의해야 했는데, 당신은 그렇게 하지도 않고 오후에 제 자리에 반납했다고 사장에게 증언했지. 어떻게 새 열쇠를 풀고 창고 문을 열었을까? 모든 증거를 찾았지만, 사장과 우리는 이 일을 당신에게 비밀로 했어! 왠지 알아? 바로 당신이 음료수 속에 청산염을 넣은 범인이라 믿었기 때문이지. 만약, 사장이 잊어버리고 그 63그램의 청산염을 그냥 넘어갔다면 아무도 몰랐겠지! 아무도 당신에 대한 그 어떠한 혐의나 증거도 찾지 못한 채. 그래서 개인적으로 감사하고 있어, 당신 사장에게. 혹시나 사장의 도난신고를 곧바로 당신이 알았다면 어떻게 해서든 제 자리에 놓았겠지."

아직도 고개를 숙이며 아무런 말 없이 김주한은 모든 것을 포기한 듯 큰 한숨을 쉰다. 그 모습을 본 김은혁은 담배와 라이터를 꺼내어 그에게 건넨다.

"이봐, 김주한 씨. 아까도 이야기했지만 내가 조사하면서 늘 느꼈던 일인데, 당신 아버지는 왜 그런 인생을 살면서 가족들을 괴롭히고 있는 거지?"

"그래서 죽이려고 했던 것입니다."

형사의 모든 증거물 앞에서 더는 버틸 힘이 다 소진한 듯 모든 것을 포기한 채 말을 이어간다.

"우리 가족은 아버지 때문에 깨진 유리의 흩어진 조각처럼 더 이상 존재할 수 없는 생명력을 다시금 일으키기에는 너무도 지쳐 있습니다."

김주한은 산속의 거친 가시덩굴을 조심스럽게 헤쳐나가는 듯 차분한 어조로 말문을 열기 시작한다. 고개를 숙이며 이젠 모든 것이 다 끝났다는 절망감이 짙게 배어있는 모습으로 축 처진 어깨가 그것을 증명해 보이고 있다.

"사람들은 모두 나이를 먹으면 다시 유년 시절로 돌아가고 싶어 할 것입니다. 그러나 우리 남매들은 두 번 다시는 돌아가고 싶지 않으며 과거가 없는 미래만을 희망할 따름입니다. 조금씩 조금씩 아버지에게서 쌓인 증오는 증오로서의 끝이 아닌 무서운 증오로 바뀌게 되었고, 그것은 바로 나를 낳아준 아버지를 살해하려는 무서운 증오의 결론이었습니다. 아버지의 추악한 부성애를 더는 자식으로서의 부성애가 아닌 남은 가족들을 위해 반드시 없어져야 할 암적인 존재로 변해버렸기 때문입니다."

그렇게 말을 이어간 사이 처음 담뱃불을 붙인 담배는 어느덧 위태롭게 붙어 있는 꽁초에 간신히 재만 남았을 뿐, 연기는 이미 사라지고 초라한 꽁초의 모습으로 그렇게 김주한 자신을 투영하듯 손가락 사이에 붙어 있다. 이 모습에 형사도 좀 전과는 다른 표정으로 김주한을 안쓰럽게 지켜보고 있다.

"김주한 씨, 가지고 있는 핸드폰의 전원을 켜서 잠시 시간을 줄 테니 통화를 하세요. 오늘 통화를 하고 나면 당분간 휴대전화기는 쓰기 어려울 것입니다."

이 말과 함께 형사는 주변 서류들을 정리하고 밖으로 나간다.

형사가 나가자 김주한은 가지고 있던 휴대전화 전원을 누른다. 화면에는 여러 문자 표시와 미수신 통화 표시가 찍혀 있다.

큰오빠 지금 경찰서에 있다면서? 걱정돼.

빨리 연락 좀 줘!

– 김희옥 –

형! 지금도 경찰들이 괴롭히고 있어?!
전화가 안 되는데, 빨리 전화 줘!

– 김남훈 –

주한아, 방금 공장에서 연락이 왔더라. 통화를 하려는데 전원
이 꺼져 있구나. 이 문자 보면 전화나 문자 좀 하여라……

– 우리 엄마 –

김주한 군, 시간이 꽤 지났는데도 소식이 없어서
궁금하네. 난 자네를 믿고 있어. 그러니 빨리
일 끝내고 이곳으로 오게나.

– 사장님 –

이봐, 주한이. 나야, 공장장.
거기서 뭐 하고 있나?
지금 일이 산더미 같이 밀려있어. 자네가 있을 곳은
여기지 경찰서가 아니야, 빨리 와.

– 공장장님 –

주한 씨, 나예요. 경리. 주한 씨가 없으니깐
도대체 계산이 안 맞아. ㅠㅠ
빨리 와서 나 좀 도와줘. 기다린다…….

– 경리 아줌마 –

경찰서하고 병원은 절대 가지 말라고 했어!!!
가지 말라는 곳에 오래 있지 말고 빨리 나와.^^

– 김기사님 –

형님! 아이 참나, 거기서 뭐 하세요!
제가 형님 좋아하시는 마른오징어 사 놓고 기다리고
있어요. 빨리 안 오시면 제가 다 먹습니다.^^

– 운규 –

문자를 보낸 사람들은 모두 김주한이 걱정되어 통화를 시도했지
만 통화가 되지 않자 안부를 문자로 물었던 것이다. 그것을 확인한
김주한은 갑자기 굵은 눈물이 두 뺨을 타고 흐르기 시작했다.

'죄송합니다, 여러분. 어머니, 남훈아, 회옥아…….'

그러고는 갑자기 두 주먹을 쥐고 앞의 책상을 힘주어 내려친다.

"내가 반드시 죽었어야 했어, 그런데 지금 이게 뭐야! 이게 뭐냐
고!"

밖에서 이 소리에 놀란 형사가 급히 안으로 뛰어 들어와, 고개 숙여 울고 있는 김주한에게 다가간다. 한 손으로 살짝 어깨를 두드리며 그를 쳐다보고 있다.

모든 사건의 결말이 끝나는 순간, 형사는 김주한에게 미란다 원칙을 말해준다.

"당신을 8월 3일 박준원 살해 용의자로 체포합니다."

그러면서 손목에 수갑을 채운다.

5장   보이지 않는 비

"사건번호 17-2, 수사 종결보고가 있겠습니다. 사건 발생 후 두 달간 긴 수사에 착수했던 우리 강력3반은 끈질긴 수사와 각 수사관의 노력에 의해 독이 든 음료수를 마시고 사망한 박준원 살해 용의자로 그 집 큰아들인 김주한을 어제 긴급 체포하여 범행의 모든 사실을 자백했음을 다음과 같이 발표합니다."

안성환이 회의실의 모든 전등을 끄고 미리 준비한 대형 스크린으로 자료들을 비추고 있다.

화면에는 그동안의 수사자료들과 마지막 김주한이 자백했던 내용들이 꼼꼼하게 적혀있었으며, 앞으로 김주한에게 있을 수 있는 국선변호사의 접촉일과 이름이 적혀있다.

1시간 정도 모든 결과 보고가 끝났다. 지금은 다시 회의실 전등을 밝히며 서로를 격려하는 시간이 이어졌다.

"이봐. 그동안 더운 날씨에 그 힘든 살인사건에 매진하느라 고생 많았어."

자축이라도 하듯 과장이 자리에서 일어나 힘있게 박수를 친다. 그러자 나머지 형사들도 모두 자리에서 일어나 함께 서로를 격려하고 있다.

"과장님도 계장님도 그리고 막내도 그동안 고생이 많으셨습니다."

김은혁의 칭찬에 막내인 민병철이 큰소리로 외친다.

"감사합니다. 여러 선배님들과 함께 해서 영광입니다."

이 말을 들은 과장이 잠시 치던 손뼉을 멈추고 민병철을 쳐다본다.

"야, 민병철! 넌 여기 끼는 것이 좀 미안하지 않나?"

"무슨 말씀을 그리도 섭섭하게 하십니까? 과장님!"

과장의 딴지에 그도 응수한다.

그러자 과장도 되받아친다.

"그럼, 당신이 저 두 사람과 같은 고생을 했다고?"

"물론입니다."

굳은 결의에 찬 표정으로 과장을 쳐다본다.

"에이, 그건 좀 뻥이 심한데……."

과장은 회의적인 반응을 보인다.

"뻥이라뇨? 과장님! 저도 저 나름대로 정말 열심히 이번 수사에 열과 성의를 다했습니다."

"이봐, 민병철! 말이 나왔으니 하는 말인데, 당신은 이번 사건에 그리 많은 도움이 되지 못한 걸로 알고 있는데. 그렇지 않은가, 계장?"

과장의 말에 안성환은 웃기만 할 뿐 아무 대답이 없다.

그 모습을 본 민병철이 안성환의 팔을 붙잡고 재촉한다.

"계장님, 뭐라고 말씀 좀 해 보세요. 제가 이번 사건에서 얼마나 열심히 했는지."

심각한 표정으로 민병철이 물어도, 안성환은 계속 웃고만 있다.

그 모습을 지켜보던 과장이 말한다.

"거봐. 계장도 당신이 별 볼 일 없어 보이니까 기가 막혀서 지금도 웃고만 있잖은가?"

그러자 민병철은 이번엔 김은혁의 손을 잡는다.

"선배님이 무슨 말씀이라도 좀 과장님께 전해드리세요. 제가 얼마나 열심히 발바닥에 땀이 나도록 뛰어다녔는지 말입니다."

이 말에 김은혁도 안성환과 같이 계속해서 웃고만 있다.

"물론, 열심히 한 것도 하나 있지."

과장이 말한다.

"그렇죠! 저도 저 나름대로 열심히 한 일은 분명히 있습니다."

민병철은 자신에 찬 표정으로 과장을 쳐다본다.

"있기는 한데, 그것이 좀……."

고개를 갸우뚱한다.

"말씀을 왜 중간에 멈추세요, 과장님."

"당신이 그 족발 잘못 먹고 구청에서 해야 할 일들을 대신하는 바람에 죄 없는 선배들 일거리 더 준 거는 잘한 일이지, 안 그런가?"

민병철은 자신의 뒷머리를 긁적인다.

"아이, 그거야⋯⋯. 그때는⋯⋯."

모두 한바탕 크게 웃는다.

"하하하."

같은 시간, 범인으로 잡힌 김주한은 경찰서 유치장에서 가족들과 눈물의 면회를 하고 있다. 아버지를 제외한 나머지 가족들은 엄청난 충격에 서로를 위로한다. 두 팔에 수갑을 찬 자신의 모습과 그 모습을 보는 나머지 식구들 심정이야 얼마나 찢어지는 마음의 고통을 안고 있을까. 그렇게 쇠창살이 가로막은 한 가정을 둘로 나뉘는 모습에서, 안에 있는 사람이나 밖에 있는 사람들 모두 고통스러운 마음은 하나일 것이다.

엄마 : (한없이 두 눈에서 눈물을 흘리며 큰아들의 수갑 찬 두 손을 가운데 쇠창살 사이로 만지고 있다.) "주한아, 왜 그런 짓을 했느냐? 인간 같지도 않은 인간을 그냥 없는 것이라 생각하고 네 동생들을 보면서 살면 되는 것을⋯⋯."

김주한 : (고개를 숙이고 눈물을 흘린다.) "아버지는 우리 식구 중에서 암적인 존재입니다. 그 암이 더 커져 더는 손쓸 수 없을 정도가 되면 이미 늦은 것입니다."

김회옥 : (역시 눈에선 눈물을 흘린다. 가련한 여인처럼 철창 안의 모습을 본다.) "큰오빠, 조금만 더 참으면 됐잖아. 지금까지도 잘 참았는데 왜 이제 와서 그런 짓을 한 거야?"

김주한 : "아니, 회옥아! 나는 오래전부터 이 일을 하려고 준비했어. 아버지가 너랑 남훈이에게 월급날이면 찾아가서 많은 돈을 빼앗아간다는 사실을 알았지. 아버지는 우리에게 이름만 아버지일 뿐, 반드시 우리 집에서 없어져야 할 병균을 몸에 가득 지닌 시궁창 쥐보다도 못한 인간이야."

그렇게 말한 김주한은 상기된 얼굴로 더러운 유치장 천장을 바라보고 있다.

김남훈 : (초조한 마음으로 마른 침을 살짝 삼킨다.) "형, 그렇게 해서 형에게 남는 게 겨우 이거야? 형이 그런 일을 저지르고 이런 곳에 있으면 우리가 마음 편하게 잘살 것 같아?"

김남훈은 몹시 김주한을 책망하는 눈빛으로 눈물을 흘리고 있다.

김주한 : "난 어떻게 돼도 상관없어. 설령 내 목숨을 바쳐서라도 엄마와 두 동생이 행복해질 수 있다면, 난 무슨 짓이든 할 거야. 백 번, 천 번이라도 아무런 후회 없이……."

김남훈 : "에이, 씨발. 왜 형이 그런 말을 해? 죽어야 할 인간은 멀쩡히 살아있고 왜 아무 죄 없는 형이 이런 곳에 와 있냐고?"

엄마 : (크게 낙담하며 경직된 목소리로) "주한아, 네가 우리 집에서 잘 있어 줘야 엄마가 마음 놓고 이 세상을 살아갈 수 있는데 우리 집 장

남이 이런 곳에 있으니 앞으로 엄마는 누구를 의지하며 살아간단 말이냐! 엄마가 집을 팔아서라도 좋은 변호사 선임해서 널 반드시 이곳에서 꺼내올 거다. 그렇지? 회옥아!"

김회옥 : (눈물을 한쪽 옷소매로 살짝 닦는다.) "응. 내가 우리 변호사님에게 부탁했어. 그랬더니 만사 다 제쳐두고 도와주신다고 말씀하셨어. 아무 걱정하지 말고 있어, 큰오빠."

김주한 : "그럴 거 없어, 회옥아. 누가 아무리 나를 잘 변호한다고 해도 난 사람을 죽였고, 그 죗값은 받아야 하는 거니까. 비록 그 독극물을 엉뚱하게 우리 집 절도범이 마셔서 죽었지만, 나쁜 도둑이라도 사람은 사람이고 난 그 사람을 해쳤으니……."

김남훈 : (양면성의 심리가 작용한다는 생각으로) "왜 그 병신같은 새끼는 남의 집에 넘어가려면 부잣집으로 갈 것이지, 하필이면 우리 집으로 와서 그 물을 처먹은 거야! 물만 처먹지 않았으면 지금까지도 잘 살아있으면서 못다 한 도둑질 실컷 하면서 돌아다닐 텐데, 이 병신같은 새끼가……."

김주한 : (김남훈의 발언에 즉각적인 반응을 보인다.) "남훈아, 내 앞에서 그런 말은 하지 않았으면 좋겠다. 아버지에게 가야 할 데미지가 엉뚱한 사람에게 돌아갔던 일이고, 난 그 일에 대해서 어떻게든 책임을 져야 하니까 말이야."

김남훈 : (눈물을 머금고 울부짖는다.) "형!……."

엄마 : "주한아……."

김회옥 : "큰오빠······."

가족들이 서로를 만지며 울음바다가 됐다.

그러는 사이 해는 저물고, 지금은 자정이 지난 시간.

김주한은 경찰서 유치장의 좁고 초라하고 더러운 화장실 옆에 앉아있다. 잠시 눈을 감고 수갑이 걸려 있는 두 팔목의 느낌을 읽어간다.

'아버지의 마음속에 혹시나 숨어있을 착하고 선한 마음을 절실히 찾고, 읽으려 했다. 그러나 지금 내 손목에 채워져 있는 은색 수갑이 말해주듯, 수갑은 누가 보더라도 악을 상징하는 공간이다. 아무리 수갑이 좋은 곳에 쓰인다고 해도 그 모양과 기능은 영원히 악의 것이기 때문이다. 그러므로 내가 아는 아버지는 바로 이 수갑과 같은 존재일 것이다.'

잠시 후 자정 즈음, 유치장 문소리가 한밤의 조용했던 이곳을 깨우듯 거친 쇠 닿는 소리가 나더니 누군가 김주한이 있는 곳으로 걸어오고 있다. 어울리지 않는 복장으로 유치장 안을 두리번거리고는 드디어 본인이 찾는 사람을 찾았는지 "야, 이 새끼야!" 하고 소리친다.

김주한의 아버지가 이 늦은 시간에 면회를 온 것이다. 그 소리에 주변을 의식한 김주한은 살짝 다른 죄수들을 본다. 마지 못해 자리에서 일어나 아버지가 있는 곳으로 향한다. 아버지에게 표출된 존경이나 사랑은 자신도 도저히 찾아보기 힘든 상황의 연속이다.

"꼴 좋다, 이 새끼야!"

"살아계신 것을 축하드립니다. 아버지를 대신해서 저승으로 떠난 절도범에게는 찾아가셨는지요? 하기야 가족에게는 그 어떤 형식적인 위안조차도 하지 않는 분이, 대신 죽은 절도범을 찾아갈 일은 하늘이 무너져도 안 될 일이네요, 아버지!"

이 말에 아버지는 도끼눈을 뜨며 자식에게 묻는다.

"왜, 날 죽이려고 했냐?"

"몰라서 그러세요?"

"몰라!"

"그런 말이 있죠. 짐승도 자기가 낳은 새끼는 자신의 목숨을 바쳐서라도 지키려는 본능적인 모성애가 있다는 것을요. 그런데 제 앞에서 계신 아버지께서는 어떻게 하면 자식들을 괴롭히고 저주할까 늘 고민하셨어요. 남의 자식도 아니고 당신이 낳은 자식들에게……. 더 이야기할까요?"

"그렇다고 네 아비를 죽이려고 음료수에 독을 넣었다, 이거군!"

"진즉부터 계획을 했고, 실행하는 데 그리 큰 어려움은 없었습니다. 아마도 이 순간 아버지가 죽었다고 해서 슬퍼하거나 상실감 따위는 전혀 느끼지 못할 것입니다."

"정말 골때리네……."

큰아들의 반성 없는 변명을 듣자 하니 속이 뒤집히는 것을 느꼈다. 그럼에도 불구하고 김주한은 조금의 망설임도 없이 앞에 있는 자신의 아버지에게 거침없는 저주를 퍼붓는다.

"지난번 TV에서 한 배우가 이런 말을 하더군요. 자신이 힘든 인생과 고된 생활을 하면서 끝내는 자살을 합니다. 죽기 전에 아주 명언을 남기며 죽더라고요. 자신도 좋은 가정, 좋은 부모를 만났다면 아마도 지금은 행복한 가정을 꾸미고 잘살 수가 있었는데, 어려운 환경과 무책임한 부모 밑에서 자신이 택할 수 있는 삶의 선택은 늘 낭떠러지와 같았다고 말입니다. 꼭 지금 저희가 그런 것과 아주 똑같다고 생각합니다. 아니, 확신합니다. 저는 아버지가 변하시길 간절히 기도하고 또 기도했습니다. 그러나 저의 기도를 들어주시기에는 그 어떤 신도 무리였나 봅니다. 글쎄요……. 제가 신이라도 꽤 무리가 되는 기도라고 생각이 들겠군요, 아버지!"

자식의 막말을 듣고 있던 못난 아버지는 자식과 함께 감옥에 있는 다른 죄수들을 의식해서 그런지 아무런 대꾸 없이 고개를 숙이며 한숨을 쉬고 있다.

"제가 걱정돼서 이곳까지 오셨을 일은 없고, 그럼 이만 돌아가 주세요. 얼마 전, 회옥이에게 들었는데 다른 여자를 만나고 계시다고요? 차라리 그 여자랑 같이 사세요. 더는 식구들 괴롭히지 마시고요. 그러는 편이 서로 좋을 것 같은데……. 아버지 생각 따위는 전 상관없지만, 그래도 남아있는 엄마와 두 동생을 생각하니 저만 감옥에 와서 편하게 사는 것 같아 정말로 미안하고 죄송스러울 따름입니다."

"천박한 놈."

밉살스러운 표정으로 자식을 쳐다본다.

"그럼, 전 이만 졸려서 자려고요. 아버지께 인사는 하지 않겠습니다. 하지만 한 가지 부탁 좀 드립니다. 제발 이 시간 이후로 아버지의 모습을 평생 보지 않게 해주셨으면 합니다."

그러고는 고개를 숙여 자신이 앉았던 자리로 돌아가 책상다리를 하고 눈을 감는다.

잠시 후, 그렇게 자신이 죽이려던 아버지의 모습은 보이지 않았다. 김주한은 무엇이 그리도 서럽고 한스러운지 고개를 숙인 채 한없이 눈물을 흘리고 있다.

다음날, 관할경찰서 강당에서는 아침부터 청소를 한다. 여러 경찰관과 직원들이 열심히 바닥에 물청소까지 하면서 꼭 손님을 맞이하려는 듯 그렇게 분주히 돌아가고 있다.

뒤늦게 출근한 안성환과 김은혁 그리고 민병철은 멍한 표정으로 그 자리에 서 있다. 그때 뒤에서 과장의 목소리가 들린다.

"이봐! 강력3반 친구들."

입에 담배를 물고 다가온다.

"무슨 일입니까? 과장님!"

민병철이 묻는다.

"응. 당신네들이 일 하나 제대로 처리해서 말이야……."

"혹시, 독극물 사건 말입니까?"

"그래. 내가 아는 신문사, 방송국 기자들에게 연락을 해서 이번 사건을 해결한 우리 강력3반을 위해서 좀 무리수를 썼지."

과장은 거만하게 담배를 피우고 있다.

"에이, 과장님도. 저희를 위해서가 아니라 과장님 때문이겠죠. 곧 승진을 앞두신다고 하지 않았습니까?"

민병철이 놀리듯 말한다.

이에 과장은 주변 눈치를 살핀다.

"야, 야! 조용히 좀 해라. 너 자꾸만 이러면 이따가 기자회견 할 때, 나에게도 말할 기회를 준다고 했는데 그때 가장 게을리 일한 경찰이 너라고 확 불어버린다!"

"그건 안 돼요! 과장님. 아니 이제부터는 제가 서장님이라고 불러드려야 할 것 같습니다, 서장님……."

민병철 말에 과장은 은근히 기분이 좋은지 부정 아닌 부정을 한다.

"야 인마, 조용히 좀 해라! 하하하."

그렇게 1시간이 지나고 여러 방송국과 언론사 기자들이 모인 가운데 먼저 서장의 발표가 시작된다.

"지난 8월 3일 새벽 05시 전, 한 가정집으로 침입한 절도범이 그 집에 있던 냉장고 안의 음료수를 마시고 사망한 사건입니다. 조사 결과 그 집 큰아들 김주한이 자신의 아버지를 독살하려고 미리 청산가리를 넣었으나 공교롭게도 때마침 그 집에 침입한 절도범 박준원이 그것을 마셔, 사건은 잠시 미궁으로 빠졌습니다. 그러나 우리 경찰서 강력3반의 끈질긴 노력으로 사건을 파헤쳐 끝내 범인을 검거한 쾌거라고 확신합니다."

그렇게 서장의 발표가 끝나고, 이어서 질문을 받는 시간이다.

좀 전까지만 해도 구멍가게 주인처럼 편한 복장을 하던 과장이 언제 갈아입었는지 지금은 말끔한 정복 차림으로 얼굴에는 깨끗이 면도까지 하고 여러 기자 앞에서 평소 하지 않는 모습을 보여주고 있다.

"안녕하십니까? 이병지 기자입니다. 이번 사건의 범인은 왜 아버지를 독살하려고 했습니까?"

"예. 질문에 답하겠습니다. 평소 큰아들 김주한은 아버지 언행에 적개심을 갖고……."

"이상하네요. 아버지가 평소 가족에 대한 언행들이 좋지 않았다면 왜 큰아들만 아버지를 독살하려고 했을까요? 다른 공범은 없습니까?"

"좋은 질문입니다."

과장이 옅은 미소로 답변을 이어간다.

"사람은 누구나 감정이 있습니다. 그러나 그 감정을 모두 다 드러내고 사는 사람이 과연 얼마나 되겠습니까? 아마도 그 감정을 제대로 조절하지 못한다면 지금의 인구는 크게 줄어들 것입니다. 차에 끼어들었다고 죽이고, 쳐다봤다고 죽이고, 마음에 들지 않는다고 죽이고……. 이렇듯 인간은 감정조절을 어떻게 하느냐가 그 사람의 삶에 크게 영향을 미칠 수 있다고 생각합니다. 결론적으로 김주한은 식구들과 다르게 감정조절을 잘못했기 때문에 극단적인 생각으로, 극단적인 범행을 저질렀던 것입니다."

과장의 답변을 듣고 있던 민병철은 김은혁과 안성환을 번갈아 쳐다본다.

"와! 우리 예비서장님께서 보통이 아니신데요, 선배님!"

"그러니까 말이야. 만약에 이 사건 해결을 못했으면 아마 우리를 잡아먹으려고 했을 거야."

그렇게 말하고 서로 웃는다.

이 모습에 안성환이 "조용히들 하시지, 아직 기자회견 안 끝났어."라며 자신의 검지를 살짝 입에 가져다 댄다.

"더 질문이 없으시면 오늘의 기자회견을 마치겠습니다."

끝을 내리려고 할 때, 한 기자가 질문을 던진다.

"청산가리 말고도 다른 수단이나 다른 방법으로 살해했을 가능성이 컸을 텐데, 왜 하필이면 청산가리로 아버지를 살해하려고 했을까요? 범인이 다니는 공장에서 그 청산가리를 쓴다면 분명히 자신이 범인으로 몰릴 수 있을 가능성이 커지는데, 김주한은 왜 본인이 의심받을 수 있는데도 굳이 청산가리를 가져와 아버지를 죽이려고 했을까요? 저 같으면 전혀 다른 방법으로 살인계획을 만들 텐데요……."

기자의 질문에 과장은 잠시 주춤한다. 이 모습을 본 김은혁이 얼른 자리에서 일어나 과장과 눈을 맞추며 무언가 사인을 보낸다. 그러면서 상단에 올라와 대신 답변한다.

"예, 저는 이번 수사에 참여한 김은혁 형사입니다. 질문에 답변하겠습니다."

그러자 여기저기서 카메라 플래시가 터지며 그를 주목한다.

"제가 이번 수사에 착수하고 몇 가지 피의자와 그 가족관계를 조사하는 과정에서 왜 김주한이 자신을 낳아준 아버지를 살해하려고 했는지, 그 이유를 찾는 데는 그리 많은 시간이 걸리지 않았습니다. 좀 전에 과장님께서도 답변했듯이 사람의 감정이란 어떻게 받아들이느냐에 따라서 달라지는 것입니다. 쉽게 말씀드리자면, 평소 아버지를 싫어했던 모든 가족은 늘 아버지의 불성실한 언행에 삶의 재미를 느끼지 못했습니다. 그것을 지켜보던 큰아들 김주한은 본인이 아버지를 제거하면 나머지 가족들은 그 아버지의 손아귀에서 벗어날 수 있다는 이중적인 생각으로 그와 같은 범행을 계획했다고 판단됩니다."

"마지막으로 하나만 더 질문하겠습니다."

이 말에 김은혁이 살짝 뒤로 빠지고 다시 과장이 상단으로 자리를 옮긴다. 그러자 질문하려는 기자가 김은혁을 손짓한다.

"방금 답변하던 형사님께 다시 질문드리고 싶습니다."

그러자 김은혁이 과장의 눈치를 살짝 본다. 이에 과장이 고개를 끄덕이며 뒤로 물러난다.

"그럼 개인적으로 이해가 가지 않은 점이 하나 있습니다. 김주한은 자신이 죽일 아버지를 위해 모든 일을 미리 철저하게 계획했고, 실행에 옮겼습니다. 본인이 일하는 청산가리로 말이죠. 그렇다면 이건 누가 봐도 김주한의 짓이라고 결론이 나오는 사건인데, 범인은 왜 모든 범행 사실을 처음엔 부인했을까요? 본인의 희망대로 아버지를 없애고 가정의 평화를 희망했다면 스스로 자수를 했을 텐데, 분명히 앞뒤가 맞지 않습니다. 만약, 제가 김주한이라면 모든 범행을 성공한 후 자수를 하겠습니다. 그래야만 형량을 줄이고 하루라도 빨리 나머지 가족들을 볼 수 있기 때문이죠!"

기자의 주장에 잠시 조용해진다.

모든 일정이 끝나고 저녁에 강력3반 형사들은 과장이 참석한 가운데 저녁 식사를 하고 있다.

"과장님, 아니 예비서장님. 오늘 정말로 멋지셨습니다. 특히 그 정복 입으신 모습에 저는 눈이 부셔서 제대로 눈을 뜰 수가 없었습니다."

민병철이 잔뜩 아부가 섞인 말로 과장을 우러러본다. 그의 아부가 싫지 않은 과장도 엷은 미소를 지으며 한마디 한다.

"뭘 그 정도 가지고……. 근데 아까 그 안경 쓰고 뚱뚱한 기자 녀석이 질문한 거 있잖아."

이 말에 세 명의 형사들은 잠시 고민하는 표정으로 바뀐다.

그 모습을 본 과장은 "아, 아. 신경 쓰지 말고 그냥 한 소리야. 우리끼리 있으니깐 그냥 물어본 거야."라며 말끝을 흐린다.

"저희는 수사를 하면서도 전혀 생각지 못했던 부분입니다. 왜, 김주한은 처음부터 자신의 범행을 끝까지 부인했을까요? 반대로 아버지가 죽었다면 스스로 자수를 했을 것이라고 자백했었는데 말이죠……."

팔짱을 끼며 깊은 고민에 찬 얼굴을 하는 김은혁에게 민병철이 말한다.

"아이참, 이젠 그만 좀 하세요. 사건은 오늘로 종결이고, 김주한은 내일 아침이면 검찰로 송치가 되니까 더는 복잡하게 생각하지 마세요."

오늘도 힘든 하루였다. 지친 몸과 마음의 시름을 묻으려 잠시 버스정류장에 앉아 지그시 눈을 감는다. 아무런 생각 없이 주변에 시끄러운 소리를 벗 삼아 위안으로 삼으려 했다. 그러나 큰아들이 자신을 낳아준 아버지를 죽이려 했다는 믿지 못할 사실을 믿어야 한다. 불안하고 떨리는 마음을 서투른 자세로 모아 기억나지도 않는 어린 시절의 작은 교회에서처럼 희망의 기도를 드린다.

"모든 잘못은 저에게 있습니다. 저의 자식을 용서하시고 모든 짐을 저에게 짊어지게 하소서. 삶의 보람이란 어디에도 찾아볼 수 없고, 늘 응집된 불안과 희망 없는 미래만이 남아있을 뿐입니다. 그 지옥과 같은 시간이 빨리 지나가게 하여 주시옵소서…….”

기도를 올리고 천천히 집으로 향했다. 대문을 열고 들어가자 거실에서 TV를 보고 있는 남편이 보인다. 그녀는 아무 말 없이 안방으로 가서 옷을 갈아입고 주방으로 갔다.

식탁 밑에는 지난번 죽은 절도범의 모습을 형광펜으로 그려놓은 자국이 아직도 바닥에 남아있다. 다른 집에서 그런 일이 일어났다면 아마도 두 번 다시는 그 장소로 가지 않으려 할 텐데, 그녀에게는 그럴만한 공포심도 두려움도 남아있지 않다. 그도 그런 것이 지금도 거실 소파에서 앉아 아무 일 없었다는 듯 TV를 보며 흥겨워하는 저 악마와 같이 살아온 시간 속에서 그녀는 이미 공포와 두려움 속에서 적응되었나 보다.

“야! 그놈의 새끼는 재판이 언제라고?”

소리가 나는 쪽으로 살짝 고개를 돌리고는 다시 몸을 움직여 쌀통이 있는 곳으로 향했다.

“귓구멍에 말뚝 박았냐!”

소파에 누운 남편이 일어나 소리친다.

“어미가 저 모양이니 자식새끼까지 아버지를 무시하지. 무시만 했냐? 죽이려고까지 했으니 천하의…….”

남편이 하는 말을 중간에 자르고 언성을 높였다.

“당신은 왜 자식새끼가 그런 짓을 하려고 했는지 조금이라도 생각해 봤나요?”

그런 아내를 비웃듯 쳐다본다.

“야! 그걸 몰라서 물어? 아버지 알기를 개똥으로 보니깐 그러는 거 아니야!”

“당신이라는 인간은 참으로 무섭네요. 자식들에게 존경은 받지 못할망정 목숨이 위태로울 정도로 저주를 받고 있으니, 아마도 당신 같은 인간은 그 어디에도 없을 겁니다!”

이 말에 두 눈을 부릅뜨고 소리친다.

“근데 이년이 뒈질라고 환장했나…….”

‘차라리 그때 죽었으면 더 이상의 불행은 이 집 안에서 찾지 못했을 것인데, 그날 절도범이 우리 집에 오지만 않았어도 지금 저 인간 같지 않은 악마는 가족들 앞에 더 이상 나타나지 않았을 텐데, 하늘도 무심하시지 어떻게 저런 악마를 살려두고 착하고 고운 우리 큰아들에게 그렇게 크나큰 고통을 짊어지게 하시나이까?’

아무런 반응이 없어 보이자 남편은 온갖 욕을 아내와 큰아들에게 쏟아부었다. 그리고 나서 소파에서 일어나 안방으로 가서는 주섬주섬 자신의 옷을 챙겨입고 있다.

잠시 후, 남편은 어디론가 사라졌다. 여자는 아직도 부엌 식탁 의자에 앉아 흐르는 눈물을 닦지도 못한 채 기구한 삶의 운명을 달래듯 그렇게 멍하니 앉아 울고 있다. 그때 휴대전화기 벨 소리가 울리기 시작했다. 발신자를 보니 막내가 걸어온 것이다. 그러나 지금 울던 목소리로 전화를 받으면 눈치 빠른 막내는 슬퍼할 것이다. 그래서 일단 종료 버튼을 누르고, 다시 문자로 보낸다.

> 응. 우리 막내. 엄마가 지금 배터리가 없어서
> 통화가 불가능하니 짧게 문자로 하자. 무슨 일 있어?
>
> – 엄마 –

> 응. 그래서 내가 늘 핸드폰 바꾸라고 했잖아.
> 요즘에 누가 그런 걸 쓴다고.
>
> – 김회옥 –

> 그래, 조만간에 다른 것으로 알아볼게.
>
> – 엄마 –

> 좋은 소식이야 엄마!
> 내가 우리 변호사님에게 알아 봤더니,
> 큰오빠는 초범이고 여러 사람 탄원서가 있으면
> 형량을 많이 줄일 수 있대.
>
> – 김회옥 –

그거 아주 좋은 소식이구나. 주변에 여러 사람은
모두 우리의 처지를 오래전부터 알고 있으니까
많이들 도와주실 거야, 회옥아.

− 엄마 −

맞아, 엄마. 그리고 큰오빠는 이틀 전에
검찰로 갔으니, 거기서 조사를 더 받고 나서
재판 날짜가 잡히는데 그때 도움이 필요해.

− 김회옥 −

그래 알았다. 예쁜 내 딸
큰오빠를 위해서 애쓰고 있구나.
너 할 일도 바쁘고 힘이 들 텐데…….

− 엄마 −

당연히 그래야지. 우리 큰오빠잖아. 세상에서 가장
멋있는 사람! 근데 엄마 배터리 없다며?

− 김회옥 −

응. 이젠 거의 다 됐다.

오늘도 조심하고 퇴근하면 보자. 우리 딸.

– 엄마 –

알았어. 엄마 사랑해요.

– 김회옥 –

　딸과 짧았던 문자메시지가 엄마의 텅 빈 가슴속에 찡하게 울려오는 아련함을 느꼈다. 그러면서 다시 두 손을 모아 무릎을 꿇어 기도하기 시작한다.

　"남의 눈에 꽃처럼 보이게 하시고, 그 꽃처럼 예쁜 마음으로 예쁜 세상을 살 수 있게 도와주시옵소서."

　엄마와의 짧은 메시지를 나누고 김회옥이 다시 사무실로 들어가려고 할 때 누군가 사무실 입구에서 담배를 피우고 있는 모습이 보였다. 저녁이라 잘 보이진 않았지만, 그 사람이 누군지 짐작이 갔다. 바로 우리 큰오빠가 죽으려고 했던 그토록 부정하고 싶은 아버지라는 사람이다. 독선과 아집으로 선팅을 하듯 몸 전체에 물들어 그것을 다른 이들에게 아무런 생각과 느낌 없이 표출하는 아버지, 자신의 욕구를 채우기 위해 무슨 짓이든 하는 낯선 범죄자의 모습으로 우리를 핍박하고 업신여기는 아버지.

　"오늘은 또 무슨 일로 직장까지 찾아오셨죠?"

퉁명스러운 자식의 말에 피우고 있던 담배꽁초를 바닥에 뱉는다.

"늦은 시간인데 아직 퇴근도 못 하고 있구나?"

선하지 못한 아버지 얼굴에 어울리지 않은 온화함이란 정말로 혐오스럽고 가증스러워 보인다.

"용건이 뭐죠?"

그러자 아빠는 그다지 예쁘지 않은 눈썹을 심하게 구기며 공격적인 얼굴로 딸을 노려보고 있다.

"이년이 지 아버지한테, 너도 네 큰오빠처럼 날 죽이고 싶겠구나?"

아빠와 주고받은 비난의 감정은 좀처럼 사라지지 않았다.

두 눈이 아빠를 봤고, 머리와 온몸에선 적개심이 발동했다. 아빠가 서 있는 곳을 향해 힘주어 대답했다.

"당장 이곳에서 사라져주세요, 아버지."

이 말에 아빠는 차갑고 분노에 찬 기운을 느낄 수 있었다.

"참나, 좋아. 갈 테니까 얼마 전에 월급 탔지? 너도 남훈이처럼 100만 원만 가져와!"

"100만 원만 가져오라고요?"

기가 막히고 동의할 수 없다는 표정으로 돌이질 한다.

"네가 빨리 돈을 줘야 내가 네 눈에서 사라져 줄 수가 있어."

"도대체 일도 하지 않는 분이 무슨 돈이 그렇게나 많이 필요하시죠? 혹시 그 못생긴 여자가 자식들이 벌어온 돈 좀 가져오라고 하던

가요? 말씀 좀 해 보세요. 무척이나 궁금합니다."

"돈 줄 거야, 말 거야."

그러면서 사무실 문을 열고 그곳으로 들어가려고 한다.

"기다리세요!"

이 한마디에 아빠는 순간 동작을 멈추고 다시 뒤로 돌아 건물 구석으로 가서는 담배 하나를 입에 물고 불을 붙인다.

"아들놈이 날 죽이려고 했다가 미수에 그치고, 지금은 구치소에 들어가 있어 돈 나올 구멍 하나가 막히는구나. 젠장할……. 그렇다면 김여사를 만나 다시 의논해야겠는걸. 돈이 좀 부족하니 나눠서 쓸 수는 없는지 말이야."

남자는 혼자 중얼거린다.

잠시 후, 남자는 도심의 커피숍에서 그가 만나려는 중년의 여성과 이야기를 나누고 있다.

"이봐요, 김여사. 내가 사정이 좀 생겨서 그런데, 당신에게 줄 돈의 액수를 조금만 줄이면 안 될까?"

이 말에 중년의 여자는 입에 가져다 댄 찻잔을 얼른 테이블 위에 내려놓고는 약간 구김살 지은 표정으로 상대를 쳐다본다.

"어머머. 김사장님, 이미 계약이 다 됐는데 이제 와서 그러시면 우리 둘 다 손해라고요!"

이에 남자는 멋쩍은 표정을 지으며 옅은 미소로 대꾸한다.

"하하하. 김여사가 그렇다면 할 수 없지. 나야 무조건 김여사만 믿고 따르겠으니 앞으로도 잘 좀 부탁하네."

중년의 여자는 이제야 안심이 됐는지, 다 식어버린 찻잔을 홀짝인다.

둘만이 알고 있는 거래가 아무런 문제 없이 진행되기를 기대하며 여자는 싸구려 향수 냄새를 풍기면서 두 눈을 깜박인다.

집으로 가는 골목길로 들어서자 잔잔히 주변에서 들려오는 도마에 칼질 소리, 구수한 된장국 냄새 그리고 압력솥에서 나는 뜨거운 수증기 소리……. 어느 평범한 집에서 저녁을 준비하는 평화로운 소음이 그에게는 먼 나라 일들로 느껴진다. 어려서 흔히 볼 수 있었던 모습들이 지금은 아련한 추억이 됐다. 어른이 된 지금 너무나도 흔해 빠진 우리 일상이 보통 남들의 삶과는 매우 다르게 살고 있는 현실이 슬프고 괴롭다.

형이 없는 빈자리는 망망대해에서 선장을 잃은 선원들처럼 힘들고, 아버지의 고문과 같은 언행들은 날로 더 늘어만 갔다.

오늘은 와와반점이 쉬는 날이다. 그래서 오전에 형에게 면회하러 갔다. 팔에 수갑을 차고 초라한 모습으로 동생을 보자니 얼마나 마음의 상처가 클까? 그 자리에서 눈물이 나오려는 것을 억지로 참고 또 참았다.

차라리 김남훈이 그 자리로 가고, 그의 형이 가정을 지켜나가길 바라지만, 지금으로서는 아무 소용이 없는 일이다.

형은 무슨 생각으로 아버지를 죽이려고 했을까? 그런 형에게 아무 것도 할 수 없다는 현실이 미칠 것만 같았다. 잠시 그 자리에 주저앉아 주머니에서 담배를 꺼내어 입에 문다.

'태워버리고 싶다. 우리 집 안에 있는 아버지의 존재를. 이 담배 연기처럼 태워 날리고 싶다.'

그러면서 어두운 하늘의 달을 쳐다본다.

6장 │ 회전목마

　며칠 후, 모든 언론과 방송에서는 김주한의 엽기적인 살인 행각이 발표됐다. 검찰로 송치된 그는 다시 확인조사를 검사로부터 받고 있다.

　"모든 혐의를 경찰에서 다 밝혔기 때문에 여기서는 당신의 혐의가 사실인지 마지막으로 확인하는 과정입니다. 혹시나 그 일에 대해 부정하거나 억울한 일은 없는지 잘 생각해보길 바랍니다."

　30대 초반으로 보이는 검사는 김주한과 비슷한 또래의 얼굴과 체격을 하고 있다. 책상 앞 명판에는 검은색 목판에 흰 글자로 '검사 최재원'이라고 적혀있다.

　"검사님!"

　노크도 없이 어떤 남자가 안으로 들어온다.

　"……."

　갑자기 놀란 검사는 두 눈을 크게 뜨며 그를 쳐다본다.

"무슨 일이세요? 박사무장님."

사무장이라는 사람은 검사 질문에 여러 장의 A4 용지를 보여준다. 그것을 받아든 검사는 꼼꼼히 읽어간다.

그 광경을 지켜보던 김주한도 궁금한 표정으로 검사와 서류를 번갈아 가며 쳐다본다.

그리고 잠시 후, 검사가 묻는다.

"이거 어떻게 된 거죠? 우리가 경찰에게 받은 증거자료들과는 완전히 딴판인데요!"

그러자 사무장이 다시 입을 연다.

"예, 검사님. 저도 그것이 좀 이상해서 알아봤는데 한 가지 문제점을 발견하게 되었습니다."

이 말에 검사는 다시 한번 A4 용지의 기록들을 읽어나간다.

추가된 국과수 검사 결과

※ 지문에 관한 1차 검사 결과 깨진 유리병의 지문은 피해자 이외에 전혀 검출되지 않았다. 그러나 2차와 3차 검사 결과 유리병이 깨지기 전 누군가가 여러 형태의 옷감과 섬유조직으로 닦은 흔적이 나타났음.

※ 사망한 피해자 박준원의 몸에서 나온 청산염은 1차 부검에서 나온 화학물질로서 뚜렷한 사망 원인이 되었으나, 2차 시약검사에서는 청산염을 제외한 제3의 화학성 특징이 함유된 물질들이 다수 발견됐음.

.

.

.

아직도 이해가 가지 않는다는 표정으로 검사는 사무장에게 묻는다.
"이거 뭔가가 크게 잘못된 것 같습니다."
아직도 두 손에 잡고 있는 서류들을 주의 깊게 쳐다본다.

경찰서

※ 국과수 검사 결과 죽은 피해자 박준원 몸에선 다량의 청산염이 검출
됐다.

※ 깨진 유리병 지문은 모두 지워져 있다. 단, 피해자 지문만 남아있다.

여러 장의 서류들을 꼼꼼히 확인한 검사는 김주한을 쳐다보며 묻
는다.

"이봐요, 김주한 씨. 당신이 진술한 내용들은 모두 경찰에서 작성
된 것이 확실하죠?"

이 말에 김주한은 짧게 대답한다.

"예."

그러자 검사는 의자 뒤로 깊숙이 몸을 기댄다. 뭔가 크게 고민하
는 듯 가늘게 실눈을 뜨고 창밖을 쳐다본다.

"사무장님, 아마도 제 생각에는 경찰이 무엇을 빠뜨렸던가, 아니
면 국과수에서 뭔가 착오가 있었던 것 같은데요."

이 말에 사무장은 회의적인 반응을 보인다.

"제가 수사관 생활만 20년 넘게 하고 있지만, 아직까지 국과수에

서 실수를 했거나 무슨 문제가 있었다는 이야기는 한 번도 들은 적이 없습니다. 우리나라 국과수 요원들은 세계적으로도 우수한 인재들만 모인 곳이라서 그 수준도 세계적이라고 들었습니다.”

검사도 고개를 작게 끄덕인다.

“그런데 어떻게 서로 다른 증거자료들을 보냈을까요?”

중간에 두 사람의 대화를 듣고 있던 김주한, 무언가를 직감한다.

계속해서 그들의 대화를 들어보자.

“사무장께서 방금 저에게 준 서류는 언제 입수하셨습니까?”

“정확하게, 김주한 씨가 검찰로 송치되고 다음 날 제가 직접 등기우편으로 받았습니다.”

“그런데 왜 이제야 그 말씀을 하는 겁니까?”

“보통의 사건에는 피의자가 검찰로 송치되면 모든 준비는 경찰에서 1차로 이루어진다고 알고 있습니다. 피의자의 사실론적인 근거들을 가지고 2차, 즉 검찰로 넘어와 별다른 이상이 없을 시에는 재판 날짜와 절차에 들어갑니다. 그런데 그 과정에서 아주 드물게 경찰에서 빠뜨린 자료나 증거들을 찾은 국과수가 그것을 더 빨리 전하기 위해 경찰보다는 이미 검찰로 넘어온 피의자가 있는 곳, 즉 담당 수사관이나 검사에게 직접 전달하는 방식들을 쓰곤 합니다. 그래서 국과수에서도 김주한이 이곳에 있다는 사실을 인지하고 저에게 급히 등기로 보낸 것이라고 합니다. 모든 사실 여부는 제가 직접 국과수에 확인을 마쳤습니다.”

검사는 잠시 무언가 곰곰이 생각한다. 그러더니 앞에 앉아있는 김주한을 향해 입을 연다.

"김주한 씨, 당신에게 꽤 불리한 증거들이 나왔습니다. 왜! 경찰 조사에서 거짓말을 했습니까? 지금이라도 순순히 저희에게 자백한다면 최대한 정상을 참작해서 조만간 있을 재판에 포함시키도록 하겠습니다."

검사의 제안에 김주한은 크게 심경의 변화를 느낀다.

"무슨 말씀을 하는지 알기 쉽게 설명해 주시죠?"

"지금까지 사무장과 내가 나눈 대화를 듣고 있지 않았습니까?"

"저는 검사님과 두 분이 서류를 주고받는 것만 봤지, 그 속의 내용은 볼 수 없었는데요."

이 말에 검사는 김주한이 잘 볼 수 있게 두 장을 집어 그 앞에 펼쳐 보인다.

천천히 그것을 다 읽은 김주한이 말한다.

"우리 집으로 넘어온 그 절도범은 제가 탄 청산가리 말고도 여러 가지 것들을 함께 먹었네요. 왜, 밥을 안 먹고 사람이 먹지 못하는 것들을 먹고 다녔을까요?"

김주한이 검사에게 묻자, 그는 심하게 인상을 쓴다.

"그걸 지금 나에게 하는 질문입니까?"

"예."

"이봐요, 김주한 씨. 좀 전에 제가 분명히 말했습니다. 솔직하게 말하면 유리하게 해줄 수 있다고 말입니다."

이 말에 김주한 역시 즉각 반박한다.

"솔직하게 모든 사실을 이미 경찰에서 자백했습니다."

"그 절도범이 죽음에 이르렀을 때, 그 원인은 청산가리입니다. 더불어 그것과 혼합된 성분들이 같은 작용을 했기 때문이기도 합니다."

더 큰 목소리로 검사는 김주한을 압박한다.

"그 나머지 혼합된 성분들을 어디서 어떻게 먹었는지 전혀 알고 싶지 않습니다. 저는 그 음료수 안에 청산가리만 넣고 지문을 지운 것은 인정하지만, 나머지 것들은 저와 무관한 일입니다. 그러니 더는 저에게 하지도 않은 일을 강요하지 마세요, 검사님!"

"이봐요, 김주한 씨. 한번 입장을 바꿔서 생각해봅시다. 내가 내 아버지를 독살하려고 미리 음료수에 청산가리를 넣었습니다. 그런데 마침 절도범이 담을 넘어 냉장고 문을 열고 그 안의 음료수를 마시고 입에선 게거품을 하고 연체동물처럼 흐느적거리다가 그 자리에서 죽었습니다. 그런데 죽은 절도범의 배를 갈라보니 내가 넣은 청산가리 말고 또 다른 화학적인 물질들이, 물론 여기서 말하는 것은 사람이 먹으면 죽게 되는 것을 말합니다. 여러 가지 더 나왔다고 한다면 과연 그 절도범의 뱃속에 들어있던 여러 독극물은 도대체 언제 먹었기에 증상이 없다가, 냉장고 속 아몬드 음료를 마시자마자 죽었을까요? 뭔가 앞뒤가 맞지 않는다고 생각하지 않습니까?"

"……."

김주한은 아무 대꾸 없이 검사의 이야기를 듣고 있다.

"절도범이 만약 청산가리가 든 음료수를 마시기 전에 다른 장소에서 독극물들을 먹었다면 바로 그곳 근처에서 죽었을 것입니다. 그런데 그 높은 당신네 담장을 힘들게 넘었을 때까지 아무런 이상이 없다가 하필이면 당신이 탄 음료수를 마시자마자 죽었다는 사실에서 하나의 가설밖에 성립할 수 없다는 사실을 알게 되는 것입니다. 그가설이란 바로 당신이 그 음료수병에 청산가리를 비롯한 유해 화학성분, 계면활성제 그리고 수면제 등 모두 세 가지가 더 추가된 것들을 그 안에 넣었다는 것입니다."

검사의 발언에 김주한이 크게 부정한다.

"검사님! 제가 뭐하러 그 많은 것들을 그 안에 넣겠습니까? 청산가리 하나만으로도 내가 죽이려는 아버지를 보낼 수가 있는데 내가왜, 그것들을……."

순간 김주한은 말을 멈추고 조용히 눈을 감으며 깊은 생각에 빠져든다.

잠시, 아무 움직임이 없자 그의 행동을 지켜보던 검사는 담배 하나를 꺼내어 불을 붙인다. 그러자 주변의 공기가 담배 연기로 인하여 탁한 공기로 김주한의 호흡기를 긴장시키며 동시에 얌전하던 심장마저 뛰기 시작한다.

'지금 앞에 있는 검사는 나에게 무슨 심정인지 내가 하지도 않은 일들을 추궁하며 더 많은 죄를 물으려 하고 있다. 모든 것이 싫다. 세상도 싫고, 살기도 싫고, 그리고 아버지도 싫다. 반드시 내 손으로 아버지를 죽이고 이곳에 왔어야 했다. 지금도 밖에서 엄마와 두 동생을 괴롭히며 그 여흥을 즐길 것이다. 하루에도 여러 번 선택의 순간들이 오간다. 무엇이 해답인지 결정하지 못하는 이 순간이 괴롭고 답답하다. 그저 아버지 때문에 일어난 이 모든 일에서 빨리 달아나고 싶을 따름이다.'

"예. 모두 다 제가 그 음료수에 넣었습니다."

이 말에 검사는 조용히 맞은편 자리에 앉아 묻는다.

"김주한 씨, 4개월 전 서울 변두리에 있는 지하철역 상가에서 두 명의 노숙인에게 청산가리를 탄 술을 먹인 것도 당신이지?"

김주한의 두 눈에선 뜨거운 눈물이 양 볼을 타고 흘러내린다. 두 눈을 살며시 감고 "예. 모두 제가 저지른 짓입니다."라고 하면서 엄마와 두 동생을 떠올린다.

– 며칠 후, 경찰서 –

"강력3반 형사들은 지금 즉시 3회의실로 집합하여 주시기 바랍니다."

웬만해서는 서내 방송을 하지 않는데 무슨 큰일이라도 있는지, 최대한 볼륨을 크게 틀어놓고 젊은 의경의 목소리가 울려 퍼진다.

경찰서 작은 화단에서 담배를 피우고 있던 민병철과 김은혁은 서로 얼굴을 쳐다본다. 궁금한 표정으로 다 피우지도 못한 담배를 불도 끄지 않은 채 화단으로 휙 던져버리고는 급히 3회의실로 발걸음을 재촉한다.

두 사람이 회의실로 들어오자 그 안에는 안성환이 과장에게 고개를 푹 숙이며 아무런 미동도 없이 서 있다. 그 모습을 본 두 형사는 영문도 모른 채 안성환 옆으로 다가갔다.

쥐죽은 듯 조용한 가운데 누구 하나 말문을 여는 사람이 없다.

그렇게 불안했던 짧은 시간이 지나고 맞은편에 있던 과장이 힘없이 바닥을 내려다본다. 한 손에 쥐고 있던 여러 서류를 김은혁에게 건넨다. 그것을 받아든 김은혁은 꼼꼼히 내용을 읽어가며 문제의 핵심이 여기에 있다는 것을 알게 된다. 모두 다 읽은 김은혁은 순간 얼굴에 당황한 표정을 짓는다. 그러면서 과장과 안성환의 얼굴을 여러 차례 번갈아 쳐다본다. 이 모습을 지켜본 민병철은 김은혁이 든 서류들을 낚아채며 빠른 속도로 읽어 나간다.

그것을 다 읽은 민병철도 몹시 당황한 표정으로 입을 연다.

"아… 닙니다. 절대로…, 그… 럴 일이 없… 습니다."

이 말에 과장과 안성환 그리고 김은혁은 크게 낙심한 표정으로 민병철을 쳐다본다.

"제가… 분명히 이 두 눈으로 정확히 확인하고 왔습니다. 지금이라도 국과수에 직접 확인해 보세요. 저는 그날 정확한 검사 결과를 가지고 확인서에 도장까지 받아서 오질 않았습니까?"

"제 불찰입니다, 과장님."

안성환이 정중히 과장에게 고개를 숙인다. 그 모습에 김은혁도 고개를 깊이 숙인다.

"제가 끝까지 확인하고 넘어갔어야 하는 건데, 성급하게 수사를 마무리하려다 보니 이렇게 경찰로서 큰 허점들을 드러내고 말았습니다. 제가 끝까지 책임을 지겠습니다."

이 말에 과장은 조용히 고개를 들어 낮고 힘없는 목소리로 고개 숙인 세 명의 형사들을 차례로 쳐다본다.

"이봐, 강력3반 형사님들. 지난번 내가 뭐라고 했는지 기억들 하시나?"

그러자 모두 눈치챘는지 작게 고개를 끄덕이고 있다.

"내 나이 이제 오십 초반에 죽기 전에 서장 한번 해 보고 죽으려고 나 나름대로 열심히 경찰 자부심을 품고 지금까지 살아왔어. 그런데 너희들이 나의 마지막 꿈을 모두 날아가게 해버렸어. 아예 돌아오지 못하게 말이야."

두 눈에는 눈물까지 글썽이고 있다. 과장의 그런 모습에 세 명의 형사들도 크게 안타까워하며 몸 둘 바를 모른다.

그중에서도 이 사태의 원인이 자신에게서 비롯되었다는 생각에 민병철은 두 눈을 감고 고개를 푹 숙이고 있다.

"죄송합니다. 모든 일은 저의 불찰과 부족함 때문에 일어난 일입니다. 제가 선배님들과 과장님께 평생 잊지 못할 큰 실수를 저질렀습니다. 한 번만 용서해 주십시오. 이번 실수를 거울삼아 경찰의 명예를 회복하고, 정의사회구현을 위해 더욱더 열심히 일하겠습니다. 용서해 주십시오."

민병철이 무릎을 꿇는다. 그러자 옆에 있던 두 형사도 무릎을 꿇는다. 그런 형사들의 모습에 과장도 조금은 화가 줄었는지 좀 전과 다른 행동과 목소리로 세 사람에게 말을 건넨다.

"이미 지나간 일이고, 지나간 일 자꾸만 생각한다고 해서 우리에게 득 될 것은 아무것도 없다. 지금부터는 더는 과거에 연연하지 말고, 검찰로 넘어간 김주한의 사건을 다시 조사하여 우리가 놓친 부분들을 찾아서 빈틈없는 수사로 경찰의 명예를 회복해주길 바랍니다. 알겠습니까?"

"예!"

모두 고개를 든다.

잠시 후, 과장이 나가고 한동안 세 명의 형사는 아무런 말 없이 앉아있다. 민병철이 주변 눈치를 살피며 입을 뗀다.

"죄송합니다. 저 때문에……."

이 말에 안성환이 말한다.

"좀 전에 과장님 말씀 못 들었어? 더는 그 일에 대해서 언급하지 말고 나머지 보강 수사에 충실하라는 말씀."

"맞아! 지금부터는 지나간 일은 모두 잊고 앞으로 우리가 해야 할 수사에 초점을 맞춰 반드시 마무리 잘하도록 하자고."

김은혁이 힘주어 말한다.

안성환은 주머니에서 수첩을 꺼내고 두 형사에게 지시한다.

"우선 두 사람은 왜 국과수에서 후속검사 결과를 경찰에 보내지 않았는지 조사하고, 나중에 나온 국과수 결과들이 정확히 무엇인지 알아봐. 나는 두 사람 조사 내용이 오는 대로 즉시 과장님과 상의해서 김주한이 우리에게 밝히지 못한 이유를 알아내야겠어. 왜 경찰에서는 아무 말 없다가 나중에 국과수 결과를 보고 진술을 번복했는지 말이야."

그렇게 세 형사는 각자 맡은 임무 수행을 위해 자리를 나선다.

"안녕하십니까?"

민병철은 지금 국립과학수사연구원에 있는 시신 부검의를 만나고 있다. 그의 인사를 받은 한경훈이 옅은 미소로 맞이한다. 그러나 그 옆에 있던 황상영은 별로 반갑지 않은 표정으로 눈길도 주지 않는다.

민병철은 평소대로 그들이 부검하고 있는 곳으로 천천히 다가간다.

"이 젊은 여자는 무슨 이유로 이런 곳에 누워있는 것입니까?"

그러자 한경훈이 입가에 가리고 있던 마스크를 턱까지 내린다.

"마침 이곳에 잘 와줬구먼. 민형사, 여길 잘 보라고."

눈짓으로 앞에 부검을 하고 있는 여성의 내장을 가리킨다.

"지난번에 당신들이 나에게 보낸 청산가리 시신과 똑같은 시신이야. 단지, 이 시신은 다량의 계면활성제, 즉 주방에서 쓰는 세제를 먹고 숨을 거두었지!"

"그럼, 자살했습니까?"

"아니야. 자살로 위장한 타살이라고 생각하네. 그 이유는 시신의 손목과 발목에는 무엇인가로 묶은 흔적이 남아있고, 위아래 앞니가 모두 부러져있는 것으로 봐서 누군가가 억지로 입을 벌리게 하고 강제로 계면활성제를 넣은 것으로 추측이 간다네."

이 말에 민병철은 한 발 더 앞으로 가서 시신의 손과 발 그리고 이빨을 주의 깊게 쳐다본다. 이 모습을 지켜보던 황상영은 민병철에게 불편한 눈길을 보내며 한마디 한다.

"무슨 일로 또 왔습니까?"

이 말을 들은 한경훈이 말한다.

"됐어, 됐어. 그냥 보게 내버려 두라고. 이 사람 오늘 나에게 불만이 있어서 찾아온 것이니 말이야."

그러자 민병철도 갑자기 표정이 변하며 퉁명스럽게 질문한다.

"선생님, 그때는 분명히 저에게 청산가리로 인한 음독 사망이라고 하지 않았습니까? 그런데 왜 두 달이 지나서야 새로운 사실들을 경찰이 아닌 검찰로 먼저 보낸 이유가 뭡니까?"

민병철의 퉁명스러운 질문에 황상영은 가뜩이나 미운 민병철에게 인상을 쓴다.

"여보쇼! 지금 어디 와서 딴소리야, 딴소리가. 여기가 당신이 함부로 할 수 있는 곳이 아니야, 이 사람아!"

이 소리에 민병철도 지지 않으려는 표정으로 황상영을 쳐다본다.

"그럼 빨리 대답해 보시죠. 왜 새로운 검사서를 경찰에 보내지 않았습니까?"

"뭔가 잘 모르는 모양인데, 검사서의 발행부서는 여기가 아니라 위층에 있는 법독성학과에서 보내는 것이오. 그곳에서 모든 결과를 접수하고 하나로 통합된 결과를 일원화하여 문서로 필요한 기관으로 보내주는 것입니다."

황상영의 말이 떨어지자 민병철은 지난여름 이곳에 왔을 때 지문을 검사하는 정은호 연구원이 직접 자신에게 A4 용지로 된 검사 결과서를 받은 기억이 났다.

자신의 허점을 찍힌 듯 민병철은 순간 아무런 말도 못 하고 멋쩍은 표정으로 뒷머리를 한 손으로 긁적거린다.

"이리로 더 가까이 와서 여기를 보시오, 형사양반."

한경훈이 형사에게 오라는 신호를 보낸다. 그러자 민병철은 궁금한 표정으로 가까이 다가간다.

"대부분 음독으로 사망한 시신들은 하나의 공통적인 특징이 있습니다. 그것은 독극물이 입과 식도를 지나면서 그 주변은 심각한 손상을 입게 됩니다. 그럼과 동시에 모든 장기의 파괴와 그로 인한 심한 발작과 입으로는 먹었던 독극물과 몸속의 물질들이 혼합하여 역류하게 됩니다."

장갑을 낀 하얀색 손으로 여러 장기를 가리켜 보인다.

"형사양반이 왜 처음 결과와 나중 결과가 다른 이유를 나에게 물었습니다. 그 이유는 청산가리라는 독극물은 워낙에 그 위험성이 높아 다른 독극물보다도 가장 먼저 우리 신체에 아주 빠르게 그 특성을 나타내게 됩니다. 다시 말해서 음독으로 인한 시신을 부검하고 처음 발견한 독극물을 찾았다고 해서 쉽게 결론을 내어 시신 부검을 끝내는 실수를 하게 되는 것입니다. 시간이 흘러 다른 독극물이 충분히 반응할 수도 있다는 사실을 잊어서는 안 되는 것입니다. 잘 기억해 보시오. 지난 두 달 전에 형사양반이 나에게 와서 무슨 독극물이냐고 계속해서 물었지만, 나는 절대로 청산가리라고 하지 않았습니다. 단지, 특성 화학성 물질과 제3의 화학물질이라고만 대답했을 뿐이오. 그 이유는 지금과 같이 쉽게 한 가지 물질이라고 단정 지으면 당신처럼 빨리 사건을 마무리하려는 심리 때문에, 처음 나온 독극물만 믿고 모든 것이 끝난 줄 아는 사태가 벌어지게 되는 것입니다. 이해가 갑니까?"

"그럼 지금 제 앞에 누워있는 이 여자는 왜 계면활성제라고 저에게 말씀하셨습니까? 또 다른 물질들이 나올 수도 있을 텐데요."

"하하하. 참 좋은 질문이요, 형사양반. 이 시신 또한 기존의 음독으로 사망한 시신들과 똑같은 방법으로 결론을 내릴 것이요. 그러나 민형사가 한 가지 잊은 것이 있습니다."

"잊은 것이라뇨?"

"이 시체는 당신네 관할에서 온 것이 아니므로 내가 그렇게 알려준 것입니다. 만약, 민형사가 이 시신을 가져왔다면 계면활성제가 아니고 제3의 화학물질이라고 대답했겠지. 하하하."

민병철은 그제야 국과수 결과가 늦은 이유를 알았다. 이러한 과학적인 논리와 증거로 입증하려는 국과수 직원들에게 적지 않은 존경심을 갖게 되었다. 그러면서 자리를 옮겨 위층에 있는 지문조사실로 올라간다. 그곳에는 여전히 열심히 현미경을 보고 있는 정은호 연구원이 눈에 보인다. 민병철은 그녀에게 가기 전 자판기 커피 두 잔을 뽑아 한 잔은 정은호에게, 다른 하나는 맞은편에 있는 이성혁 연구원에게 건넨다.

"오랜만에 뵙겠습니다."

두 사람을 향해 고개를 숙인다.

"예. 그러네요. 그런데 무슨 일로……. 혹시 사건이라도 생긴 겁니까?"

궁금한 표정으로 정은호가 묻는다.

"글쎄요……. 사건은 사건이죠. 제가 일을 똑바로 하지 못해서 처음부터 다시 시작해야 하니깐요."

이 말에 정은호는 회의적인 반응을 보인다.

"뭐가 잘못된 일이 있었군요!"

"예."

그러면서 민병철은 지금까지 있었던 사실들을 이성혁과 정은호에게 상세히 설명해 주었다. 그러자 정은호는 동의할 수 없는 표정으로 갑자기 민병철에게 되묻는다.

"제가 분명히 우편으로 후속검사 결과를 보냈었는데요. 민병철 형사님 앞으로……."

"예?! 저는 받은 기억이 없는데요."

그러고는 잠시 기억을 더듬어 머리 한구석에 숨어있는 짧은 영화의 필름을 찾아내듯 거꾸로 그 필름을 돌린다. 그때 "맞다! 어느 날 내 책상 위에 올려져 있었던 국과수 로고가 선명하게 찍힌 하나의 흰 봉투가 지금 생각났습니다. 그럼 그 봉투 안에 들었던 자료가?"라고 말한다.

그의 물음에 정은호가 한심하다는 표정으로 쳐다본다.

"그렇게 중요한 자료를 보냈으면 등기나 전화로 미리 통보라도 하시죠, 왜 일반우편으로 보냈습니까?"

민병철의 불만 섞인 표정과 말투에 이성혁은 다 마신 종이컵을 두 손으로 둥글게 말아 바닥에 버린다.

"그날, 형사님께서 우리에게 뭐라고 했습니까? 다른 것은 다 필요 없고, 이미 결과가 나왔으니 그 검사 결과 확인서만 달라고 했었습니다. 제가 분명히 검사를 더 해야 정확한 성분분석 결과가 나온다고 여러 차례 말씀을 드렸는데 제 말을 무시하고 1차 검사 결과서만 가지고 떠나지 않았습니까?"

이 말에 민병철은 다시 한번 자신의 신중하지 못한 행동들을 후회

한다.

"죄송합니다. 경찰로서 하지 말아야 할 큰 실수를 범했습니다."

"아니요. 우리에게 사과할 필요는 없습니다. 그러나 한 가지만은 반드시 명심하고 기억하기 바랍니다. 그것은 여기 모인 우리들의 작은 실수는 엄청난 반전을 일으킬 수 있습니다. 그것을 역으로 이용하려는 개인이나 세력들에게 좋지 않은 기회를 줄 수 있습니다. 하나의 사건 피해자는 가해자가 될 수 있으며, 나쁜 사람이 착한 사람으로 뒤바뀌는 무서운 결과로 돌아오게 된다는 사실을 꼭 명심하길 바랍니다."

이성혁의 말이 끝나자, 정은호가 이어서 말한다.

"그래서 제가 혹시나 하고 경찰에 나머지 검사 결과를 보냈는데도 아무런 소식이 없어 검찰 쪽으로 같은 검사 결과서를 참고로 보냈던 것입니다."

민병철은 다시 한번 고개를 숙인다.

"자, 자. 이제 지난 일들은 모두 잊어버리고 다시 사건의 시점으로 돌아가서 진짜 진실이 뭔지 알아봅시다."

정은호가 자신의 연구 현미경자리를 민병철에게 양보한다.

"여기 앉아서 현미경 속에 무엇이 있는지 잘 보세요."

민병철은 그의 말에 조심히 현미경 앞에 앉아 두 눈을 현미경에 가까이 대고 그 안을 본다.

"뭐가 좀 이상한 것을 느끼지 못했습니까?"

정은호의 물음에 아직도 그 속을 뚫어지게 쳐다보고 있다.

"깨진 음료수병 조각에서 무엇으로 닦은 흔적들이 있는데, 그 닦은 모양이 서로 다르게 나왔습니다. 어느 것은 빗금으로 시계방향으로, 또 어떤 것은 둥근 모양으로 시계 반대 방향으로 나와 있습니다."

그러곤 현미경에서 두 눈을 떼고 정은호를 쳐다본다.

"정확히 보셨군요. 그럼 이유가 뭘까요?"

"글쎄요……. 저는 잘……."

민병철이 고개를 좌우로 돌린다.

"제가 처음 경찰에서 가져온 음료수병을 현미경으로 봤을 땐, 다른 용의자들처럼 이것도 지문의 흔적을 지우기 위해서라고 생각했습니다. 그래서 1차 검사에는 사망자 지문 이외에는 없다고 판단을 내렸죠. 그러나 그게 함정이었습니다. 엄밀히 말해서 지금 있는 현미경보다 더 정확한 현미경으로 다시 검사했더니 각기 다른 형태의 모양이 발견되었던 것입니다. 뭐, 과학이라기보다는 여자의 느낌이라고나 할까요."

민병철은 신기한 표정으로 정은호를 쳐다본다.

"그래서 결론이 뭡니까?"

"더 정확히 말하자면, 만약에 누군가가 저 병의 지문을 지우려면 하나의 섬유조직으로 한 방향으로 지웠을 텐데 그것이 아니고 여러 형태의 섬유조직, 여기서 말하는 섬유조직은 집에서 흔히 쓰는 수건이나 걸레, 기타 등등 여러 가지가 있을 수 있습니다. 최초에 지웠던 자리에 누군가가 다시 다른 섬유조직으로 그곳을 또 지웠다는 증거입니다. 그러므로 그 깨진 병은 한 사람이 아닌 두 사람 이상이 각각 다른 종류의 섬유조직으로 여러 방향으로 지웠다는 결론이 나오게 되는 것입니다."

이 말에 민병철은 작지 않은 충격을 받았는지 고개를 떨구고는 양손의 엄지손가락으로 관자놀이를 지그시 누르고 있다.

"휴. 한 명이 아니라 여러 명이라는 말씀이 충격을 주는군요."

정은호 또한 약간 경직된 표정으로 두 손을 자신이 입은 가운 주머니에 넣고 민병철을 쳐다본다.

"아직 여기에도 비밀이 숨겨져 있습니다."

이번에는 이성혁이 민병철에게 오라고 손짓한다. 그의 손짓에 얼른 자리에서 일어나 이성혁이 있는 쪽으로 다가간다.

"자, 여기도 한번 봐주시오."

정은호와 같이 현미경이 있는 곳에서 일어난 이성혁은 민병철에게 자리를 양보한다. 그러자 민병철도 그 자리에 조심히 앉아 현미경 속 물질들을 관찰하기 시작한다.

"자, 보면서 들으시오. 지금 보이는 것은 메틸알코올, 욕실이나 변기 등을 청소할 때 주로 쓰이는 화학물질로서 그 또한 사람이 먹게 되면 청산가리와 같은 증상으로 사망에 이르게 됩니다. 단지 다른 점이 있다면 아무 냄새도 나지 않으며 물처럼 투명한 색깔을 가져 가끔 그것을 모르고 노인이나 아이들이 마시는 경우가 있곤 합니다.

따라서 보관 시에는 상당한 주의를 필요로 합니다."

그러면서 이성혁은 작은 유리쟁반에 투명한 물질이 담겨 있는 것을 돌려 민병철이 다른 것을 볼 수 있게 현미경으로 넣어준다.

"이것은 수면제 성분입니다. 설명 없이도 누구나 알고 있는 약으로, 반드시 의사의 처방이 있어야만 구할 수 있습니다."

그러고는 다시 좀 전의 방법으로 현미경에 또 다른 것을 보여준다.

"마지막으로 이것은 유해 화학성분, 즉 계면활성제라고도 합니다. 주방세제로 가정에서보다는 큰 식당에서나 볼 수 있는 화학적인 물질입니다. 이것 또한 청산가리와 같이 음독하였을 때 같은 증상을 보이는 성분으로, 순식간에 목숨을 잃는 아주 맹독성 물질입니다."

현미경에서 눈을 떼고 이성혁에게 조용히 말한다.

"이렇게 많은 것들이 그 죽은 절도범 몸에서 나왔으리라고는 상상도 못했습니다. 저는 그것도 모르고 청산가리만 경찰에 보고했으니 얼마나 무능하고 보잘것없는 형사가 아닐 수 없습니다."

그 말과 함께 힘없이 고개를 떨군다.

그의 모습을 지켜보고 있던 두 사람은 민병철에게 다가가 밝은 목소리로 한마디 건넨다.

"그렇게 너무 자책하지 마세요. 형사님도 잘하려고 그랬던 거 아닙니까?"

정은호가 위로하듯 말했다.

"맞아요! 민형사님, 지난 일에 집착하지 말고 지금에 충실하면 됩니다. 이제 모든 진실을 알았으니 형사님께서는 아직 밝히지 못한 것들을 하나씩 풀어나가시기 바랍니다. 그리고 우리 국과수 직원들은 언제라도 도울 준비가 되어 있으니, 필요하다면 주저 없이 찾아오시오."

두 사람의 응원에 힘이 났는지 민병철도 굳은 신념의 표정으로 그들과 악수를 하며 다시 경찰서로 향한다.

오후가 되자 강력3반 형사들과 과장이 회의실에 모여 그동안의 수사내용들을 두고 논의하고 있다.

"이봐! 국과수에서 왜 우리에게 추가된 검사 결과서를 보내지 않았다고 하지?"

과장이 궁금하다는 듯 세 명의 형사에게 묻는다. 이에 민병철이 아직 개봉도 하지 않은 흰 봉투를 과장에게 살며시 건네며 고개를 숙인다.

"제가 지난날 이것을 받았는데, 이미 수사가 진행 중이라 그만 확인도 하지 않고 책상 서랍에 넣는 바람에……."

"그러셨구먼, 민병철 형사님……."

과장은 받아든 봉투를 뜯어보지도 않고 안성환에게 건넨다.

"이 안의 내용을 이제야 본들 시간이 거꾸로 돌릴 수도 없는 노릇이고, 앞으로나 신경을 써야지 않겠나."

"면목 없습니다, 과장님."

"자, 자. 힘들 내고! 계장의 지시에 따라 빨리 김주한 사건을 마무리 짓자고."

과장이 안성환에게 눈짓으로 사인을 보낸다. 그러자 그는 자리에서 일어나 미리 준비한 자료들을 읽기 시작한다.

"오늘 국과수에서 모든 수사에 도움이 될 증거자료들을 충분히 확보되어, 김주한 관련 사건들은 큰 전환점을 맞게 되었습니다. 우선 시신의 몸속에 청산가리를 포함한 세 종류의 화학성 물질들이 추가로 검출됐고, 깨진 유리병의 지문을 지우기 위해 여러 흔적이 발견되었습니다. 그것들로 의심해 봤을 때 이번 사건은 김주한의 단독범행이 아니며 최소한 두 명 이상 공범이 함께 저지른 계획적인 범행이라고 볼 수 있습니다."

"그럼 나머지 용의자는?"

과장이 질문한다.

"조심스럽게 몇 명이 용의 선상에 올라와 있습니다."

그러자 나머지 사람들은 안성환의 발언에 집중하며 귀를 쫑긋 세운다.

– 검찰청 –

"안녕하십니까? 최재원 검사님을 만나러 온 경찰서 안성환 계장입니다. 오늘 이 시간에 찾아뵙겠다고 미리 연락을 드렸습니다."

"예. 지금 기다리고 계십니다. 이쪽으로 들어오세요."

직원의 안내로 안성환은 담당 검사인 최재원과 마주한다.

무엇이 급한지 담당 검사는 김주한의 재판 날짜를 앞당기고 있다. 그것을 늦추기 위해 오늘 안성환이 그를 만나는 것이다.

"고생이 많으십니다."

"어서 오세요."

이렇게 만난 두 사람은 서로의 입장만 주장하며 설전이 오간다.

"당신네들 일을 아주 멋들어지게 하고 있어!"

"저희 나름대로 최선을 다하고 있습니다."

"최선이, 고작 한다는 게 가장 중요한 포인트를 빠트려."

"그래서 이렇게 보강 수사를 시작하려는 것입니다."

"보강 수사!"

검사는 바닥을 보며 코웃음 친다.

"정신들 나갔구먼……."

"정신은 멀쩡합니다."

"그래서 지금 도출할 수 있는 결론이 뭔데?"

"김주한 재판을 연기해 주십시오."

이 말에 검사는 앞에 앉아있는 형사에게 조롱하는 듯한 표정을 짓는다.

"잘 아시겠지만, 재판은 지정된 날짜에 이루어질 겁니다."

이 말에 형사는 급히 검사를 쳐다본다.

맞은편 커튼 사이로 비치는 햇살에 살짝 눈을 찡그린다.

"제가 검사님을 이렇게 찾은 이유는……."

중간에 말을 자르며 상대를 쳐다보지도 않고 큰소리로 답한다.

"이봐요, 형사님! 김주한이 모든 사실을 다 자백했습니다. 그 음료수에 나온 성분들을 모두 자신이 넣었다고 말입니다."

이 말에 형사는 즉각 반문한다.

"아니, 그럴 수는 없는 일입니다. 김주한이 왜 경찰에선 아무런 말도 하지 않고 검찰에서만 그런 자백을 했다는 것이 앞뒤가 맞지 않는 일입니다."

형사의 반박에 검사는 시종일관 답답함을 보여준다.

"그럼 우리가 피의자를 고문해서 허위사실이라도 만들었다는 것이오?"

"검사님 판단이 타당하다고 생각하십니까?"

"물론입니다. 왜냐! 이미 범인 스스로 자백했고, 그것을 스스로 인정하는데 더는 뭐가 필요하다는 생각은 쓸데없는 수사력 낭비입니다."

"……."

안성환은 머릿속에 있는 말이 좀처럼 입밖으로 나오질 않는다.

"순진한 형사양반, 앞으로 5일 후 있을 재판에서 결론이 날 것으로 확신합니다. 그러니 김주한 재판을 연기하려거든 더 확실한 근거와 자료를 가져오세요. 그러면 기꺼이 경찰 쪽 입장에 따르도록 하겠습니다. 자, 나는 이만 밀린 공소권 정리하려면 여기서 일어나야겠습니다."

그러자 안성환도 자리에서 일어나 등을 보이고 있는 검사에게 말하려 했다.

"5일은 너무 시간이 짧습니다. 좀 더 시간을 저희에게 주신다면 확실……."

형사의 말을 중간에서 자르고 검사가 인상을 쓰며 퉁명스럽게 대꾸한다.

"여보쇼, 형사양반! 당신네들이 수사에 집중하지 않고 회전목마를 탔기 때문에 이와 같은 결과가 나온 것이요. 겉만 뱅글뱅글 도는 회전목마 말이요. 알겠소? 시간은 단 5일이요. 그 안에 이것을 뒤집지 못할 큰 이슈가 없다면 재판은 예정대로 진행될 것이니 반드시 명심하시오. 아! 그리고 또 하나 중요한 것이 있는데, 아직도 미제사건으로 남아있는 몇 개월 전, 지하철역 상가에서 죽은 노숙인들 기억합니까? 그 노숙인을 죽인 범인도 당신들이 알고 있는 김주한이라는 사실을 참고로 알려드리지."

이 말에 안성환이 매우 놀란다.

"이럴 수가."

"좀 전에 그곳을 관할하는 강력반 백시현과 박형규 두 형사가 다녀갔었소. 시간은 단 5일입니다."

안성환은 검사의 주장이 전혀 이성적이지 않았고 엉터리 사실들만 늘어놓은 헛소리로 들렸다.

7장

아직도 살아계신가요?

김은혁이 누군가를 기다리고 있다. 그가 있는 곳은 김주한 어머니가 일하는 지하철 청소사무실이다.

잠시 후, 문이 열리고 창백한 얼굴의 그가 들어왔다.

"안녕하세요?"

형사가 조용히 인사를 건넨다. 갑작스러운 상황에 그녀는 약간 당황한 표정으로 "아…, 예…. 무슨 일로."라며 묻는다.

그런 모습에 형사는 안심하라는 표정을 지으며 말한다.

"예, 다름이 아니라 어머님께 드릴 말씀이 있어서 이렇게 불쑥 찾아왔습니다."

형사의 차분한 모습과는 달리 그녀는 놀란 토끼 눈을 한다.

"무슨 일입니까? 혹시 우리 주한이에게 잘못된 일이라도……."

목소리에 힘이 실려서 그런지 주변 사람들이 이곳을 쳐다본다. 그것을 눈치챈 형사가 조용히 입을 연다.

"다름이 아니라 오늘 어머니께서 모든 일이 끝나시면 우리 경찰서로 오셨으면 합니다."

그러자 그녀도 주변을 살핀다. 그러고는 좀 전과 같은 실수를 하지 않으려는지 한 손으로 입을 가리고 조용히 말한다.

"여기가 불편하시면 잠깐 밖으로 나가서 이야기를 나눌 수도 있는데요."

이 말에 김은혁이 옅은 미소로 고개를 좌우로 살짝 흔든다.

"별거 아닙니다. 다름이 아니라 몇 가지 참고 조사를 받으시면 됩니다. 그러니 부담 갖지 마시고 오늘이 안 되면, 내일 오셔도 괜찮습니다."

궁금한 표정으로 형사에게 다시 묻는다.

"여기서 말씀하실 수는 없습니까?"

이에 형사는 미안한 표정으로 대답한다.

"죄송합니다, 어머님. 여기서 드릴 말씀이 아니고 반드시 경찰서에서만 할 수 있는 사항이라 양해 부탁드립니다."

하는 수 없이 그녀는 "예. 알겠습니다. 그럼 내일이나 모레 찾아뵙도록 하겠습니다. 혹시 우리 아이들도 가서 조사받아야 합니까?"라고 물었다.

김은혁은 질문이 많은 그녀가 조금은 불안한 마음을 갖고 있다는 것이 느껴졌다.

"예. 가족 모두, 아니 아버님만 일단 빼고 조사가 이루어지며 결과에 따라서 아버님도 오셔야 할 수도 있습니다."

"이상하네요……. 왜 남편만 조사에서 빠지는지……."

"다시 한번 말씀드리지만, 일단 경찰서로 직접 오셔야만 알 수가 있습니다. 그러니 편하게 오셨으면 합니다."

그렇게 두 사람은 짧은 대화를 나누고, 김은혁은 그 사무실에서 나와 김회옥에게 문자메시지를 보낸다.

> 안녕하십니까? 김회옥 씨, 김은혁입니다. 볼일이 있으면 문자로만 하라고 해서 이렇게…….

10여 분이 지나고서 답문이 돌아왔다.

> 예, 안녕하세요?
> 그런데 아침부터 무슨 일로???

> 오늘 직장에서 퇴근 후 저희 경찰서로 오셔야 할 것 같습니다.

무슨 혐의로 그러시죠?

변호사 사무실에서 일하는
경력이 대단하십니다.
어떤 혐의가 있다기보다는
추가적인 조사가 필요해서 그럽니다.

어떤 추가적인 조사가
필요하다는 거죠???

그 문제는 단순히 전화나 지금처럼 문자로는 답해 드
릴 수가 없으니 양해 부탁드립니다.

이상하네요?!

이상할 것이 전혀 없습니다. 김회옥 씨, 스스로 아무런
관련이 없다고 생각하시거나 떳떳하다면 문제가 될
일은 전혀 없습니다.

"이 여자가 장난하나?"

김은혁은 인상을 심하게 구긴다.

> 협박처럼 들리네요!!!

> 대한민국 경찰은 그 누구에게도 협박 같은 것은 하지 않습니다. 김회옥 씨!

> 만약에, 제가 경찰서로 가지 않는다면은요?

> 법원을 많이 다녀보셔서 잘 알겠지만, 만약에 제 부탁을 거절하게 되면 영장을 발부받아서 체포할 것입니다.
> 그리고 도망을 간다면 전국에 수배령을 내려서 즉시 검거에 나설 테고요.

> 그 얘기를 들으니 무섭군요! 경찰에서 뭔가 중요한 단서를 찾은 것 같은데…….
> 알겠습니다. 저도 궁금하네요. 그런데 오늘은 안 돼요.

김회옥이 약을 올리려는 듯한 답변에 화가 난 김은혁은 담배 하나를 입에 물고 불을 붙인다.

> 뭔가 특별한 일이라도 있습니까?

예. 병원을 예약해서요.
특별히 병이 있어서가 아니라
정기적으로 가는 곳이라······.

> 잘 알겠습니다.
> 그럼, 오늘은 안 되고 내일은
> 퇴근 후 반드시 찾아오기 바랍니다.

그렇게 두 사람과 연락이 통한 후 곧바로 형사는 김남훈이 있는 곳으로 찾아간다.

김은혁 형사가 도착한 곳은 한창 점심 준비를 하고 있는 와와반점이다. 그 안에서 김남훈은 분주히 움직이고 있다.

"안녕하세요."

인사를 하자, 그 소리에 주방에 있던 사장과 김남훈이 고개를 돌려 소리가 나는 쪽을 쳐다본다.

형사를 알아본 사장은 "남훈아, 잠깐 나갔다 와라." 하며 열심히 점심 준비를 한다. 이에 김남훈은 형사와 눈을 살짝 맞추고는 함께 밖으로 나간다.

"또 무슨 일로 여기까지 찾아왔습니까?"

주머니에서 담배를 꺼내어 입에 문다.

"형님에겐 좀 찾아가십니까? 동생분들을 무척이나 걱정하고 있을 텐데요."

"오지 말라고 신신당부를 하더라고요. 하기야 뭐 좋은 일이라고 저 같아도 오지 못하게 할 것 같습니다."

김남훈은 입에 문 담배를 깊이 빨아 고개를 들어 머리 위로 연기를 뿜어낸다.

"그런데 우리 형 면회 가라고 하기 위해서 여기까지 온 건 아닐 텐데요."

"예. 정확히 보셨습니다. 다름이 아니라 오늘 퇴근 후 우리 경찰서로 좀 오셔야 할 것 같습니다."

"왜요?"

"몇 가지 추가로 확인을 해야 할 일이 생겼습니다."

"추가로 뭘 확인할 것이 있다고요?"

피우던 꽁초를 바닥에 버리자 꺼지지 않은 꽁초에서 계속 작은 연기가 피어오른다.

"전, 퇴근이 늦어서 그렇게 할 수는 없을 것 같은데요."

"그 말씀은 본인을 위해서 그런 겁니까? 아니면 저희를 위해서 그러……."

형사의 말에 짜증 섞인 말투로 중간에 자른다.

"둘 다 밤 12시에 그런 곳에서 뭘 조사할 것이 있는지는 잘 모르겠으나 저는 사양합니다."

이 말에 형사는 예상이나 한 것처럼 여유 있는 표정을 지으며 김남훈을 쳐다본다.

"김남훈 씨께서는 그 시간에 저희에게 오는 것이 힘들겠지만, 저희는 늘 24시간 돌아가고 있습니다. 그러니 출근 전이나 퇴근 후 반드시 오셔야 합니다."

"그냥 여기서 말씀하시죠."

"하하하. 그 말씀은 어머님이나 막내 따님 모두 똑같은 생각을 하시는군요. 그렇지만 직접 경찰서로 오셔야만 설명할 수 있으므로 김남……."

이번에도 중간에 말을 자르며 놀란 표정으로 되묻는다.

"어머니하고 회옥이도 같이 조사를 받는다고요?"

김은혁은 아무 말 없이 고개만 끄덕인다. 이때 와와반점 사장의 목소리가 들린다.

"남훈아, 아직 멀었냐?"

부르는 소리에 두 사람은 동시에 사장이 있는 쪽을 쳐다본다.

"일단 내일 오전에 가서 조사를 받겠습니다."

같은 시간 안성환은 검찰 구치소에 수감 중인 김주한을 면회하고 있다.

"식사는 잘하고 계십니까?"

"예. 어머니가 해주시는 밥보다 못하지만, 이곳에선 아버지를 보지 않아서 좋습니다."

그런 그의 말에 형사는 안쓰러운 표정으로 잠시 김주한을 쳐다본다.

"김주한 씨, 정말로 그 음료수병에 나머지 약품들도 함께 넣었습니까? 저를 똑바로 보고 말씀해 주세요!"

김주한은 고개를 돌려 작은 목소리로 답한다.

"예."

형사는 다시 질문한다.

"그럼 왜 경찰 조사에서는 그렇게 답하지 않았습니까? 그리고 당신이 하지도 않은 지하철역 노숙인들은 왜 당신이 죽였다고 거짓 진술을 했습니까? 전 당신을 잘 알고 있습니다. 당신은 절대로 죄 없는 사람을 함부로 해칠 사람이 아니라는 사실을……."

그의 말에 천천히 고개를 돌려 김주한이 입을 연다.

"이미 엎질러진 물이며, 화살은 과녁을 향해 날아갔습니다. 모든 것이 싫고 그저 조용히 떠나고 싶을 따름입니다."

그런 모습을 지켜본 안성환도 크게 한숨을 쉰다.

"자세한 사항들은 경찰에서 보강 수사를 진행하고 있습니다. 참고로 어머님과 두 동생분을 직접 저희가 조사에 들어가도록 계획이 되어 있습니다. 그러면 좀 더 고무적인 결과가 나올 수도 있겠습니다."

그가 자리에서 일어나자, 김주한은 갑자기 수갑이 채워진 두 팔을 뻗어 안성환의 손을 잡으며 급히 말한다.

"죄송합니다만, 핸드폰 좀 쓰고 싶습니다."

김주한의 갑작스러운 행동을 지켜본 안성환은 잠시 머뭇거리다가 자신의 주머니 속에 들어있는 핸드폰을 꺼내어 김주한에게 건넨다. 그러자 그의 손목에서 작은 쇳소리를 내더니 형사가 건넨 것을 얌전히 받는다. 그러고는 두 엄지손가락으로 빠르게 어디론가 문자를 보낸다.

> 어머니, 저 큰아들입니다.
> 저는 몸 건강히 잘 있습니다.
> 그리고 이 모든 일은 제가 다
> 계획하고 실행한 단독범행입니다.
> 그렇게만 알고 계세요.!
> 답장은 하지 마세요.

문자가 성공적으로 전송됐다는 문구가 뜨자, 김주한은 방금 보냈

던 문자메시지의 삭제 버튼을 눌러 지운다. 그러고는 다시 새 문자
메시지를 입력한다.

> 남훈아, 형이다.
>
> 경찰에서 다시 조사를 시작한다고 하지만 모든 일은
> 내가 혼자 했으므로 그 조사는 무의미할 것이다. 내
> 말 무슨 뜻인지 잘 생각해 봐라. 답장하지 마라.

이번 역시 전송된 것을 확인하자 곧바로 문자메시지를 삭제한다.

> 내게 가장 사랑스러운 여동생 회옥아, 큰오빠다.
>
> 너는 우리 집에서 가장 똑똑하고 현명하니 이 큰오빠
> 의 말을 잘 이해하리라 믿는다. 누가 뭐라 해도 절도
> 범의 살인자는 나다. 그러니 절대로 실수하지 말고 떳
> 떳하게 경찰 조사에 임하거라. 답장은 하지 마라.

이번에도 좀 전과 같이 삭제한다.

다시 한번 모든 메시지의 삭제 여부를 확인한 김주한은 조심히 그
것을 주인에게 돌려준다.

"좀 더 쓰셔도 됩니다, 김주한 씨."

그러자 김주한이 옅은 미소를 보인다.

"이젠 정말로 오랜 시간 동안 핸드폰 만질 일도 없겠고 또 만질 수도 없을 것입니다."

김주한이 고개를 깊게 숙여 고마움을 표시한다.

그렇게 두 사람은 짧은 면회시간을 뒤로하고 그곳에서 김주한이 사용했던 자신의 휴대전화기를 열어 확인한다. 그러면서 뭔가 이상한 표정을 짓는다.

'뭐야. 왜 자신이 보낸 문자메시지를 지웠지? 내가 알면 안 될 일이라도 있다는 건가? 내가 만약 경찰이 아니었다면 굳이 그럴 필요까지는 없었을 텐데, 경찰이 봐서는 안 될 내용이라도 적었단 말인가?'

회의적인 반응을 보이며 목적지를 변경하고 곧바로 통신회사로 발길을 옮긴다.

다음날, 경찰서 조사실.

다소곳한 시선으로 자리에 앉아있는 김주한의 어머니는, 그러나 겉모습과는 달리 말을 건네자 이내 감출 수 없는 두려운 음성이 희미하게 감지되었다.

"이렇게 일찍 경찰서로 오셨는데, 회사에는 어떻게……."

"예. 월차를 냈습니다. 도저히 마음이 편치 못해서……."

모든 경찰은 조사받으러 온 사람들에게 최대한 부담을 주지 않으려 노력한다. 그들은 아직 피해자 또는 피의자도 아니므로 함부로 그들을 대하는 것은 구시대적인 수사력의 남용이라고 확신하기 때문이다.

　형사는 미리 준비된 자료들을 펼치며 조사를 시작한다.

　형사 : (부드러운 음성으로) 어머니, 저희가 처음 조사를 진행하면서 몇 가지 큰 실수를 저질렀습니다. 그것은 죽은 절도범 몸에서 청산가리 말고도 수면제 성분, 메틸알코올 그리고 계면활성제 등이 추가로 검출됐습니다. 그중에 메틸알코올, 다시 말씀드려서 화장실이나 욕실 변기 청소로 많이 쓰이는 이 물질이 공교롭게도 어머님께서 일하시는 청소도구와 같은 성분의 물질이라고 국과수 감정 결과가 나왔습니다. 여기에 대해서 제가 이해할 수 있는 답변을 부탁드립니다.

　어머니 : (두 눈에서 눈물을 흘리며 서서히 입을 연다.) 맞습니다. 제가 그 음료수병에 청소 약을 넣었습니다. 진작에 그 인간을 죽였어야 했는데, 그렇게만 했다면 제 소중한 큰아들이 그런 짓을 못하게 미리 막을 수 있었습니다. 그래도 미련이 있어 시간이 지나면 다시 마음을 잡고 예전의 자상한 아버지로 돌아오기를 소원했지만, 결국 큰아들을 그렇게 만든 인간은 바로 접니다. 제가 더 빨리 남편을 죽였다면 지금쯤 아이들만이라도 마음 편히 살면서 자기 앞날을 더 밝고 행복하게 살아갈 수 있었을 텐데……

형사 : (눈물을 흘리며 절규하는 모습에 마음이 편치 않다.) 어머니, 그럼 다른 독극물들은…….

어머니 : (그 말에 눈물을 멈추고 정색을 하며) 제가, 제가 다 넣었습니다. 형사님, 제가 다 사서 직접 넣었습니다. 정말입니다.

형사 : (이미 모든 것을 알고 있었지만, 그녀 앞에서는 애써 그 말을 외면한다.) 그것은 저희가 더 조사를 해 보겠습니다.

어머니 : 아니, 아니에요! 제가 지금 모든 것을 자백하고 있잖아요. 저 혼자 저지른 짓이라고. 그러니 제가 벌을 받겠습니다. 자, 자. 어서 저를 잡아가세요, 형사님!

형사 : (앞에서 울며 모든 혐의를 자백하는 노년의 여인은 노름에서 이미 패한 카드를 잡았고, 시작도 하지 않은 권투선수가 상대를 보자 자신이 이 경기에서 졌으니 그만 서로의 갈 길을 가자고 선언한 순간과 같았다.)

그렇게 처음 조사를 받은 김주한의 어머니는 모든 혐의를 인정하고 경찰서 구치소에 수감되었다.

그리고 잠시 후, 김남훈이 경찰서로 찾아왔다. 아직 자신의 어머니가 구속되었다는 사실을 전혀 알지 못한 채 평소 성격대로 형사에게 조사를 받고 있다.

형사 : 김남훈 씨, 여기까지 오느라 고생이 많았습니다.

김남훈 : 형식적인 립서비스를 들으려고 온 것이 아닙니다. 결론만 말하세요, 피곤하니까!

형사 : (살짝 상대의 얼굴을 보며 여러 서류를 뒤적거린다.) 좋습니다. 죽은 절도범에서 형님이 넣은 청산가리 말고도 계면활성제라는 화학 물질이 다량으로 검출됐습니다. 다시 한번 사과의 말씀을 드리자면 첫 번째 수사에서 놓친 부분들을 후속 수사에서 발견하게 되었습니다. 후속 결과란 추가적인 사실들, 그중에 놀라운 것은 계면활성제, 즉 김남훈 씨가 근무하는 와와반점에서 쓰는 용액과 99.9퍼센트 일치한다고 국과수 검사 결과가 나왔습니다. 그리고 또 하나. 누군가 그 음료수에 독약을 넣고 지문을 지우기 위해 어떤 섬유 물질 같은 것으로 여러 번 지운 흔적들이 발견되었습니다. 따라서 김남훈 씨의 답변을 듣고자 합니다.

김남훈 : (입안에 있는 알사탕을 가운데 혀로 좌우로 굴리듯 눈동자 역시 심하게 움직이며 무언가 계산된 답변을 찾으려 애쓰고 있다.) 저는 잘 모르는 일인데요.

형사 : (상대는 지금 적을 만난 거북이처럼 바깥으로 삐져나온 것들을 속으로 숨겨놓은 듯 입을 꾹 다물고 있다. 그러나 다음으로 밝힐 사실들을 알린다면 과연 어떤 변명으로 일관할지 무척이나 궁금했다.) 김남훈 씨, 어머니께서 아무 말 없으시던가요?

김남훈 : (갑자기 주제와 다른 말이 나오자 두 눈을 크게 뜨고 약간 놀란 듯 되묻는다.) 예. 어머니도 이곳으로 조사를 받으러 가신다고 하셨는데, 어머니는 잘 받고 가셨나요?

형사 : (잠시 아무 말 없이 의자에 등을 기댄다.) 조금 전에 구속되셨습

니다.

김남훈 : 예?! 구속이라뇨. 무슨 혐의로 저희 어머니를 구속합니까?

형사 : 모든 혐의를 인정하고 자백하셨습니다. 김남훈 씨가 이 사건을 부인하던 혐의까지 모두 어머니께서 하셨다고 주장을 하면서 말이죠.

김남훈 : (두 눈에 흰자가 급속히 충혈된다.) 아니, 아닙니다. 모두 다 제가 했습니다. 우리 어머니는 아무 잘못도 없습니다. 어머니 주장은 모두 다 거짓말입니다. 자식들을 살리려고 하지도 않은 일들을 모두 다 했다고 거짓 자백을 하셨습니다. 제가, 제가 이 모든 일을 계획하고 저질렀습니다. 그러니 저희 어머니는 아무런 죄가 없으니 집으로 보내드리고, 저를 잡아가면 됩니다, 형사님!

형사 : (어느 정도 예상은 했지만, 그래도 너무나 빗나간 김남훈의 반응에 약간은 놀란다.) 모든 혐의를 인정하십니까?

김남훈 : (자리에서 일어나 형사에게 크게 말한다.) 예. 모든 혐의를 인정합니다. 그러니 죄 없는 우리 어머니 좀 빨리 집으로 보내드리세요, 형사님.

형사 : 김남훈 씨, 당신을 박준원 살해 혐의로 체포합니다.

오전에 어머니와 그의 작은아들이 구속되고, 저녁이 됐을 무렵 막내딸이 조사실로 들어온다. 서로 연락이 끊긴 식구들의 처지를 전혀 모른 채, 그녀 또한 불안한 마음으로 경찰과 대면한다.

김회옥 : (약간 경직된 표정으로 자리에 앉아 형사에게 넌지시 묻는다.) 형사님, 어머니와 작은 오빠는 모두 이곳을 다녀갔습니까?

형사 : (김회옥을 살짝 쳐다보며) 예. 두 분 다 조사를 마쳤습니다.

김회옥 : (자기 생각이 빗나갔다는 표정으로) 그래요! 그런데 왜 통화가 되질 않죠?

형사 : (무언가 초조한 김회옥의 표정을 읽으면서도 아무런 표정 없이 조사에 임한다.) 자, 준비되셨습니까?

김회옥 : 예. 빨리 끝내고 두 사람을 찾고 싶어요.

형사 : 김회옥 씨께서 어제 병원을 간다고 했는데 구체적으로 그 이유를 설명해 주시기 바랍니다.

김회옥 : (다시 한번 빗나갔다고 생각한 질문에 미간을 구긴다.) 그게 이 사건과 무슨 관련이 있을까요?

형사 : 대단히 중요한 포인트가 숨어있습니다, 김회옥 씨.

김회옥 : (상당히 어이없는 표정으로) 아버지 덕분에 신경을 많이 썼더니 뇌 속의 세포들이 밤에 잠을 안 자고 발광을 하며 저를 괴롭힙니다. 그래서 잠을 잘 수가 없어 몇 년 전부터 수면제를 먹고 있습니다. 어제도 그 수면제가 다 떨어져서 약을 타기 위해 병원에 갔었는데요.

형사 : (한 장의 국과수 검사 결과를 그녀에게 건넨다.) 이것은 죽은 절도범의 2차와 3차 독극물 검사 결과서입니다. 그것을 보면 중간에 붉

은색으로 클로로폼이라는 글자가 보일 겁니다.

김회옥 : 예. 아주 잘 보고 있습니다. 그런데요?

형사 : (김회옥은 오전 두 사람과는 달리 지금까지도 아주 당당하게 자신의 혐의를 부인한다. 아니 전혀 모른다는 뜻으로 오히려 되묻는다.) 정말로 그 성분에 대해서 모릅니까?

김회옥 : (다리를 꼬며 몸을 등받이 뒤로 깊게 기울인다.) 전, 약장수가 아니라서요.

형사 : 물론 그렇게 생각하고 있습니다. 일반인들에게 클로로폼이라는 성분은 알 필요도 없고, 알아서도 별 이득이 없습니다.

김회옥 : (몸을 형사가 있는 곳으로 가까이 향한다.) 결론만 말씀하시죠! 빨리 여기서 나가고 싶으니까.

형사 : (그렇게 말하는 상대를 가늘게 실눈으로 뜨며 윗니로 아랫입술을 지그시 깨문다.) 좋습니다. 어제 김회옥 씨가 처방받은 수면제 성분에 바로 그 클로로폼이라는 성분이 들어있습니다. 왜 죽은 절도범 몸속에서 그런 성분이 나왔을까요? 혹시 우연이라고 생각하는 건 아니겠죠?

김회옥 : (어이가 없다는 표정으로 흰 이를 드러내며 웃기 시작한다.) 하하하. 정말 웃기네요, 형사님.

형사 : (상대방의 뜻밖의 행동에 약간 당황해한다. 하지만 그에게는 아직 모르고 있는 사실이 있다. 바로 자신의 어머니와 작은 오빠가 모든 혐의를 인정하고 구속되어 있다는 사실을) 뭐가 그리도 우스운지 궁금하군요, 김

회옥 씨.

김회옥 : (얼굴에는 아직도 웃음기가 남아있다.) 웃기지 않습니까? 형사님. 제가 잠을 자려고 처방받은 수면제가 왜 죽은 사람 뱃속에서 나왔을까요?

형사 : 이봐요, 김회옥 씨. 정확히 말하자면 냉장고 속에 있던 그 음료수에 당신이 평소 복용하던 약의 성분이 나타났고, 그것을 먹은 절도범의 뱃속에서도 검출됐던 것 아닙니까?

김회옥 : (등을 펴고 턱을 끌어당긴다.) 그래서요?

형사 : (자리에서 일어나며) 본인이 더 잘 알고 있지 않습니까?

김회옥 : 오라! 내가 음료수에 수면제를 넣었다?

형사 : 혐의를 인정하십니까?

김회옥 : (거북한 표정으로) 아니요! 난 결백합니다.

형사 : (잠시, 아무 말 없이 자리에 앉아 지그시 상대를 쳐다본다.)

김회옥 : (자리에서 일어나 자신의 가방을 어깨에 메고 나갈 준비를 한다.) 저를 범인으로 몰고 가는 이유를 모르겠지만, 만약 제가 아버지를 죽일 목적이었다면 왜 죽지 못할 수면제를 넣었을까요? 큰오빠처럼 청산가리나 쥐약을 구해 그 속에 넣으면 간단한 일을 굳이 범인으로 의심받을 개연성이 충분히 존재하는데, 내가 왜 그런 짓을 하겠습니까? 형사님 같으면 그 속에 수면제를 넣겠습니까?

형사 : (김회옥이 하는 이야기를 모두 다 듣고 차분한 어조로 입을 연다.) 지금부터 제가 하는 말을 잘 들어주시기 바랍니다.

김희옥 : (형사에게 모든 이야기를 듣고 이제야 왜 엄마와 작은 오빠가 전화를 받지 못하는지 이해가 됐다. 그러면서 두 눈에는 눈물이 양쪽 뺨을 타고 흘러내리며 아무 말 없이 책상에 머리를 숙이고 조용히 소리 내어 울고 있다.)

형사 : 당신을 박준원의 간접살인 혐의로 긴급 체포합니다.

-김주한 재판 2일 전 -

지금 경찰서 조사실에 모든 사건의 핵심이 되었던 그 집 가장인 아버지가 와있다. 모든 사건의 전말을 들은 그는, 매우 놀라며 입을 다물지 못하고 있다.

"참으로 믿을 놈이 하나도 없습니다. 그럼 우리 식구는 이제 어떻게 되는 겁니까?"

"뭐, 예상은 하시겠지만 지금 검찰에서 재판을 기다리는 큰 아드님과 같은 처지가 될 겁니다."

이 말에 크게 낙담한 표정을 짓는다.

"망할 놈의 인간들, 감히 제 아버지를 죽이려고 들어……"

그러자 옆에 있던 민병철이 인상을 심하게 쓴다. 그에게 쏘아붙이듯 언성을 높인다.

"여보세요, 아버님! 그게 다 누구 때문에 그런 건데, 그런 말씀을 하고 계십니까?"

"뭐요! 그럼 나 때문에 그렇다는 말입니까?"

붉은 얼굴로 핏대를 세운다. 이렇듯 반성하지 못한 언행에 주변 형사들도 날이 선 눈으로 그를 쳐다본다.

"남의 가정사에 너무 관심들이 많으신데, 댁들 일이나 제대로 하시구려!"

이 말에 격분한 민병철은 갑자기 앞으로 나와 그의 얼굴에 자신의 얼굴을 가까이 대고 말한다.

"이보세요, 아버님. 당신 가족들은 그 누구보다도 선량하고 착한 분들입니다. 그런 사람들이 당신의 어긋난 부성애와 일관성 없는 행동들로 인하여 극단적인 판단을 했던 것입니다. 왜 남들처럼 가정을 이끌지 못하고 그렇듯 가족들을 생지옥으로 인도했는지 참으로 궁금합니다."

이 말에 순간 화를 참지 못하고 남자는 민병철의 멱살을 두 손으로 잡고 크게 흔들며 소리친다.

"야, 이 새끼야! 나이도 어린 새끼가 열린 입이라고 함부로 지껄이고 있어. 네가 형사면 다야!"

상대방의 공격에 민병철도 지지 않는다는 표정으로 멱살을 잡는다.

"그래. 당신은 나이를 똥구멍으로 처먹었냐? 아직도 반성을 못 하고 바람이나 피는 주제에, 그러고도 당신이 아버지 소리를 듣고 싶어 하냐고?"

순간 조사실은 이수라장이 되어버린다. 싸움이 끝나고, 못난 아버지는 경찰서를 떠났다.

아직도 분을 이기지 못한 민병철은 상기된 표정으로 경찰서 밖 커피자판기에 서서 담배를 피우고 있다.

그 모습을 발견한 안성환과 김은혁이 그가 있는 곳으로 다가간다.

"이봐, 아까는 아주 잘했어."

안성환이 민병철의 어깨를 만지며 옅은 미소를 던진다.

"근데, 왜 말리셨어요?"

고개를 올려 담배 연기를 내뿜는다.

"그럼 어떻게 하냐. 옆에 과장님도 계셨는데……."

"아까 그 아저씨, 다른 말보다 바람을 피운다고 하니까 더 열 받아서 날뛰더라고. 순간 양심에 가책이라도 느꼈던 걸까요, 계장님?"

김은혁이 묻자 씁쓸한 표정으로 말한다.

"양심에서 가책이란 게 나올 양반이 아니야. 그냥 쪽팔렸겠지. 어린 자식 같은 형사에게 온갖 비난을 받으며 바람까지 피운다고 욕을 먹었으니……."

"그 선량한 어머니와 세 자녀를 구원할 방법은 없겠죠?"

민병철이 힘없는 목소리로 묻는다.

"아무리 정상참작을 한다고 해도 꽤 오랫동안 있어야 할 거야."

안성환 역시 큰 한숨을 쉬며 답한다.

그때 한쪽에서 과장도 그들이 있는 곳으로 다가온다.

민병철은 그때 일로 아직도 과장에게 죄지은 사람처럼 똑바로 눈을 맞추지 못하고 있다.

"야, 민병철! 아까는 정말 잘했어. 나이를 먹었든 안 먹었든 그런 인간은 그냥 한 방 먹여줘야 하는 건데, 당신들은 뭐하러 말렸어!"

"······."

"그리고 김주한 재판 날짜가 언제라고 했지?"

계장에게 묻는다.

"예. 내일 오후 15시에 있습니다."

"좋아. 그럼 모두 이번 사건 해결하느라고 고생들 많았으니 내가 한잔 사지."

그러면서 과장은 주머니에서 담배 하나를 꺼내어 입에 문다.

담배 끝에 불꽃이 닿자 깊게 숨 쉬듯 필터로 빨아들이는 연기를 온 호흡기에 모았다 곧 내뱉는다. 그 모습을 지켜보던 민병철은 다시 한번 과장에게 죄스러운 마음이 드는지 고개를 숙인다.

그렇게 강력3반 형사들은 8월 3일에 있었던 절도범 음독 살인사건을 모두 해결했다. 모든 절차와 피의자 신원 그리고 엄청난 양의 수사자료들을 정리하며 내일 있을 김주한 재판에 추가적인 사항들을 포함시켰다.

이것으로 경찰은 자신들의 소임에 충실했다. 예닐곱 번을 되풀이하면서까지 처음 실수했던 과정들을 만회하려고 했고, 또 그렇게 하게 되었다. 두 번 다시 실수하지 않겠다고 확신하며······.

—어머니—

하나둘씩 점등되는 이 도시의 불빛들을 쳐다본다. 나는 지난 수십
년간을 그렇게 어두운 새벽과 저녁 길을 오가며 남편의 몫까지 가족
의 부양을 책임진 채, 오늘도 희망 없는 삶의 미래로 무거운 어깨의
짐을 지고 있다. 처녀 시절 그렇게 손이 길고 곱다는 말을 자주 들었
다. 지금은 감각이 무디고 그 흔한 지문까지 모두 지워진 두터운 굳
은살과 손등에는 곰팡이가 피어나듯 보기 싫은 검버섯이 선명하게
보인다. 마치 겨울철 피어오른 볼품없는 길가의 가로수와 같다. 남
편이란 사람에게 위로와 휴식을 받으려는 어쭙잖은 생각도 해 보았
다. 그것이 꿈보다도 어려운 일이라는 것을 너무나도 잘 알기에 오
늘도 나는 규칙적으로 돌아가는 작은 아날로그 시계 나사못에 불과
한 삶을 살고 있다. 앞으로도 남편이 우리 집에서 살아있는 한 나와
내 자식들의 고통은 나날이 더 커지고 말 것이다.

힘들고 두렵다. 이젠 끝내고 싶다.

나 하나로 내 자식들의 삶에 있어 힘든 여정을 마칠 방법은 남편이 이 집에서 사라지는 방법밖에 없다.

그래서 나는 결심했다. 나의 결심은 후회 없고, 최선이라는 것에 스스로 위안 삼는다. 그 결심이란 남편을 죽이는 것이다.

남편은 늘 새벽이면 소변을 보고 큰아들이 만들어 놓은 음료수를 마신다.

자정이 지나고 모두 잠자리에 든 것 같다.

큰아이는 아직 자지 않는지, 방에 형광등이 비추는 불빛이 문틈으로 새어 나오는 것이 보인다. 나는 조용히 큰아들 방문을 열었다. 다행히 불을 켜놓은 채 잠이 들었다. 문 옆에 있는 형광등 스위치를 껐다. 그리고 조용히 방문을 닫았다.

8월 초 삼복더위는 남편을 죽이려는 나를 알고 있는지 더욱더 그 위세가 높게 느껴졌다. 몇 발자국 걷고 거실에서 나와 주방 냉장고 앞에 섰다. 몸에는 땀이 비 오듯 흐르고 있다.

두렵다. 무섭다. 포기하고 싶다. 하지만 그럴 수 없다. 얼마 전 미리 숨겨놓은 청소액을 싱크대 구석에서 꺼냈다. 직장에서 쓰는 청소액을 작은 유리병에 담아 몰래 숨겨왔다. 손에 땀이 흥건하다. 식탁 의자에 걸려 있는 행주로 두 손의 땀을 닦았다. 냉장고 문을 열고 문짝에 넣어놓은 음료수병을 집어 뚜껑을 열었다. 그리고 내가 준비한 작은 병의 뚜껑도 열었다. 조심스럽게 작은 것을 큰 것에 모두 쏟았다. 순간, 가슴이 심하게 요동친다. 마치 곧 터질 것 같은 속도로, 그러나 침착하게 큰 음료수병의 뚜껑을 닫고 다시 제자리에 내려놓았다. 그러고는 남아있는 작은 음료수병을 검은 봉지에 넣어 안방으로 가서 내 가방 속에 깊숙이 숨겨 넣었다. 이젠 모든 것을 하늘에 맡기고 옆에서 자고 있는 남편이 빨리 저 음료수를 마시길 바란다.

- 작은아들 -

어느 때부터인가 그런 아버지의 삐뚤어진 가족 윤리가 고스란히 우리에게 돌아오는 시점에서 나도, 아니 우리도 아버지에게 그 어떤 동정과 관심도 싫고 혐오스러웠다.

나 하나만의 결단으로 지금껏 고통받고 살아온 식구들이 비탄했던 삶의 위안과 치료가 되기를 소원한다. 그 결단이란 나의 목숨을 걸고 아버지를 죽이는 것이다. 그것도 아주 고통스럽게. 나 스스로 이 무섭고 두려운 양면성이 자리 잡고 있었다는 사실이 믿기 어려울 정도로 인간의 사악함이란 정해진 인간에게만 찾아오는 줄 알았던 나의 순진함이 싫다.

쥐 죽은 듯 고요하다. 습한 새벽녘 불 꺼진 우리 집을 확인한 나는 조용히 자리에서 일어나 내 방문 손잡이를 조심스럽게 열었다. 소리가 나지 않게 까치발을 들어 거실을 지나 주방으로 이동한다. 냉장고 앞에 잠시 서서 무엇인가 망설이는 동작을 취하려 하자, 이미 각오한 일이라며 어금니를 굳게 깨문다. 한 손을 뻗어 냉장고 문을 열었다. 그 옆에 있던 음료수병을 꺼내어 미리 준비한 주방세제를 그곳에 넣는다. 그리고 식탁 의자에 걸려 있던 수건으로 음료수병의 겉면을 깨끗이 닦았다. 내 지문이 선명하게 찍힐 수 있도록 두 손으로 그것을 찍어누르듯 잡으며 다시 냉장고 안으로 넣고 문을 닫았다. 다시 주변을 살폈다. 아무도 내가 한 일을 본 사람은 없다. 다행이다.

내 방으로 돌아와 이마에 맺힌 땀방울을 수건으로 닦고 자리에 누웠다. 앞으로 몇 시간만 있으면 아버지는 죽어있을 것이다. 아니, 꼭 죽어야만 한다. 그리고 난 경찰서로 가겠지. 하고 싶은 것도 많고 돈도 많이 벌어서 지금까지 고생만 하신 불쌍한 우리 어머니 호강시켜 드려야 하는데…….

방금 한 일에 후회는 없다. 그러므로 끝까지 후회 없이 가자. 내 방에 누워있으니 모든 긴장이 풀린다. 몸이 나른하고 눈꺼풀이 무겁다. 내 방에서의 마지막 잠을 청한다.

– 막내딸 –

오늘은 다른 날보다 일찍 퇴근했다. 그렇지만 나를 반기거나 반대로 빨리 집으로 들어가고 싶은 마음은 자리 잡지 못하고 있다. 정류장에서 조금 걷자 아이들 놀이터에는 귀여운 꼬마들이 여러 명 모여 즐겁게 소리를 지르며 놀고 있는 모습이 눈에 들어왔다. 그렇게 해맑은 아이들의 웃음소리에 나도 모르게 그곳으로 발걸음이 이어갔다. 모래에서 두꺼비집을 만드는 아이, 그네를 타는 아이, 그리고 아무도 앉지 않은 시소에 양팔로 그것을 올렸다 내리는 아이. '나도 저런 시절이 있었나?' 하며 자신에게 물어본다. 그러자 갑자기 우울감이 밀려 고개를 숙여 밑을 봤다. 미끄럼틀 아래에는 누군가 낙서를 했는지 여기저기 아무렇게나 그려진 사람의 모습과 로봇의 모양이 그려져 있다. 하지만 그 낙서는 제한적으로 한 부분에만 집중되어 있었다. 아마도 키가 작은 꼬마들이 자기들 키에 맞는 곳까지만 낙서를 할 수밖에 없었던 이유일 것이다.

요즘 들어 더욱 잠을 이루지 못하고 있다. 지금 먹고 있는 수면제 양을 조금만 더 늘려야 할 것 같다.

아이들의 순진한 모습들을 보며 잠시 피곤하던 몸과 마음이 정화되는 기분이 들었다. 그런 아이들을 뒤로하고 집으로 가려는 도중 목이 말라 주변 편의점으로 향했다. 편의점 카운터에는 나이 어린 학생이 스마트폰을 보면서 자신의 아버지와 영상통화를 하고 있다. 편의점 구석에 있는 큰 냉장고에서 음료수 하나를 들고 어린 점원이 있는 곳으로 가서 계산을 했다. 어린 점원은 그것에 바코드를 찍으며 쳐다보는 솜씨가 꽤 능숙했다.

그 모습에 "난 네가 무척이나 부럽구나. 아버지와 그렇게 다정한 모습으로 통화하는 순간이……."라며 옅은 미소로 말을 건네자, 상대는 무슨 뜻으로 하는 말인지 궁금해하는 표정으로 두 어깨를 살짝 움직인다.

"별걸 다 부러워하는군요."

그도 나에게 옅은 미소를 보인다.

아버지. 나에게도 저런 아버지가 있었으면 좋겠다.

— 큰아들 —

누군가 주방으로 가는 소리가 난다.

잠시 후, 내 방으로 살짝 문을 열고 들어와 형광등을 조용히 끈다. 어머니다. 늘 아버지로부터 무관심한 가정을 지키기 위해서 고통의 나날을 삶의 동반자인 양 그렇게 힘들게 사시는 우리 어머니. 잘 될 거야, 모든 것이. 설령 잘못된다 해도 나만 문제 삼으면 나머지 가족들은 아버지의 보이지 않는 그물코에서 자유롭게 빠져나올 수 있으니까. 나 스스로 두렵고 조바심치는 마음을 달래며 위안 삼으려 노력했다. 이렇듯 무서운 이면에는 또 다른 나의 무서운 힘이 작용하여 내가 생각했던 처음의 본질을 더욱더 촉발하는 계기가 되었다.

자, 이제 이 문을 여는 순간, 가족들을 괴롭히던 잘못된 아버지의 덧에서 벗어날 것이다. 조용히 문손잡이를 돌리려고 하는데, 둘째가 방문을 열고 주방으로 가는 모습이 보인다. 순간, 놀란 나는 얼른 내 침대에 누워 좀 전에 어머니가 내 방으로 오셨을 때처럼 잠자는 모습을 하고 있었다. 그리고 얼마 지나지 않아 둘째는 자신의 방으로 조용히 들어갔다. 다행이다. 아마도 어머니와 둘째는 냉장고 속의 음료수를 마시러 온 것 같았다. 두 사람 모두 냉장고 문을 여는 소리가 났으니, 더는 저 음료수를 마실 사람은 없다. 막내는 얼마 전부터 수면제를 먹고 잠이 들기 때문에 지금으로서는 아버지밖에 없다. 내가 오늘 죽여야 할 나의 아버지 말이다. 새벽의 어둠은 어제와 똑같은 기운이다. 그러나 지금 이 시각 나를 둘러싼 새벽의 어둠은 지난날과는 전혀 다른 고요함과 묵직함이 나의 온몸을 짓누르는 듯 무게감을 느끼고 있다. 공포의 무게감, 증오의 무게감, 행복한 가정을 끝없이 갈망하는…….

다시 손잡이를 살짝 돌려 거실로 나왔다. 그러자 새벽 세 시를 알리는 시계 종소리가 고요한 새벽에 울려 퍼진다. 그러면서 나에게도 무언의 암시를 주는 듯 그 소리는 짧지만 깊은 내 몸속으로 파고들어 와 빨리 선택하라는 듯 나를 압박하며 조여왔다.

냉장고 앞에 서서 문을 열고 내가 평소 만들던 아몬드 음료수병을 들어 뚜껑을 열었다. 그리고 직장에서 훔쳐 온 청산염을 넣고 뚜껑을 꽉 잠그고는 여러 번 뒤집어 흔든다. 다시 그것을 제자리에 놓고 어제부터 준비한 큰 쟁반에 수북이 담아있는 아몬드를 함께 냉장고 안에 넣어두었다. 그래야만 청산염의 냄새와 아몬드의 냄새가 하나로 결합하여 더욱더 진하게 풍겨 아버지가 쉽게 그것을 마실 수 있게 도울 것이다.

눈앞에 싱크대가 보이고 그 옆에 마른행주가 걸려 있다. 그것을 집어 얼굴에 흐르는 땀들을 닦는다. 조심스럽게 냉장고 문을 다시 열어 음료수병의 겉면도 꼼꼼히 닦았다.

"자네들 강력3반 정말로 고생 많았어! 그리고 민병철, 나에게 너무 미안해하지 마. 그런데 다행히 서장님께서 지난번 실수는 상부에 보고하지 않았어. 그 덕에 언론에서도 그 사실을 모르고 있으니, 한번 두고 보자고 하시네."

이 말이 끝나자 민병철은 지금까지 과장에 대한 미안함이 크게 해소되었는지 "정말입니까, 과장님! 아니 예비서장님!" 하며 머리를 조아리길 반복한다.

그 모습이 싫지 않은지 과장 또한 크게 웃어 보인다.

"하하하. 이봐, 그 소리는 언제 들어도 좋구먼그래. 하하하."

모두 한자리에 모인 형사들은 지난 사건의 미담을 나누듯 하나같이 한마디씩 한다.

"이번 독극물 사건은, 잠재적인 살해 동기와 그에 따른 이해득실이 무엇이라 생각하십니까?"

김은혁이 모두에게 묻는다.

"그걸 몰라서 물어, 이 사람아? 악마와 같은 아버지가 싫어서지."

그러자 민병철이 반론을 제시한다.

"아닙니다, 계장님! 아버지가 악마는 맞습니다만, 그 나머지 가족들도 자신들의 삶에 왜 그렇게 당하고만 있었는지, 그리고 그렇게 자신의 남편과 아버지를 꼭 죽여야만 문제가 해결된다는 극단적인 선택밖에는 없었는지 참으로 이해가 가질 않습니다."

"그러게. 열 길 물속은 알아도 한 길 사람 속은 모른다고 하질 않는가?"

과장이 씁쓸한 표정을 지으며 고개를 좌우로 작게 흔든다.

"그 세 사람은 어떻게 될까요? 과장님!"

안성환이 묻자, 과장이 손에 들고 있던 소주잔을 살며시 내려놓고는 잠시 한숨을 쉬며 말한다.

"아마도 내 생각으로는, 큰아들은 지난번 노숙인들까지 죽였다고 자백했으니 무기징역이 나올 것이고, 엄마와 작은아들은 10년 정도 그리고 그 딸은 2, 3년 정도 나오지 않을까 예상하고 있어."

이 말에 갑자기 안성환이 과장을 쳐다보며 심각한 표정으로 다시 질문한다.

"그런데요, 과장님. 지난 노숙인 사건도 김주한이 했다는 증거가 나왔습니까?"

"우리 관할이 아니라서 잘은 모르지만, 이미 그쪽에서 모든 증거를 수집하고 재판에 넘겼다고 하는군."

이 말에 인상을 심하게 구기며 안성환은 회의적인 반응을 보인다.

그리하여 지난여름에 있었던 절도범 독극물 살인사건은 모든 수사가 마무리되고 종결되었다.

– 아버지 –

김여사, 전화를 받지 않아
문자로 보냅니다.

예, 김사장님. 지금 교육을 받고 있어서
통화는 안 되고 문자로 주시죠!

다름이 아니라, 지금까지 내가 김
여사에게 들어준 생명보험을 해약
하려고 하니 지금 당장 해약하고,
나머지 돈 빨리 돌려주쇼!

어머!
왜 해약을 하세요?
지금 해약하면 손해가 큰데!

이젠 그 보험 필요가 없게
됐수다. 그러니 당장 해약하고,
빨리 나머지 해약금 돌려주시오!

뭐, 그렇다면 어쩔 수가 없죠.

제가 오후까지 모두 해약하고 전화드릴게요.

그럼 그렇게 하시구려.

그동안 수고 많았소.

예, 김사장님. 혹시나 다른

보험에 관심 있으시면 언제든지 연락 주세요.

앞으론 그럴 일 없을

것이니 더는 기대 마쇼.

문자를 끝내고 허탈한 심정으로 어느 계약서를 보고 있다.

보험 상품명 : 생명보험(표준형)

증권번호 : A-181014

계약자 : 김＊＊

주민등록번호 : 580403-××××××××

보험 대상자 : 총 4명

이 름 : 박종희(배우자)

김주한(아들)

김남훈(아들)

김회옥(딸)

사망 시 상속인 : 김＊＊(580403-×××××××)

사망 시 보험 지급액 = 12억 원(모두 사망 시)

※ 단, 1인 사망 시 1억 2천만 원 지급

씁쓸한 표정으로 담배를 피운다. 이젠 아무 쓸모없는 보험계약서를 찢어 불을 붙인다.

'미친년 같으니라고, 자기가 하지도 않은 짓을 했다고 경찰에게 거짓 자백을 털어놓고 지 애미와 오빠들이 있는 감옥으로 가겠다고 앞장을 서? 나랑 둘이 사는 것보다 감옥이 더 편하다, 이거군. 그래. 네가 입 다물고 감옥에 간 덕분에 내가 아무런 피해 없이 무사히 남앗구나.

그날, 그 멍청한 절도범 새끼만 아니었다면 지금쯤 너희들은 모두 황천길로 가서 단체로 나를 미워하며 저주하겠지. 하지만 지금은 나를 대신해서 죽인 절도범의 죗값을 달게 받고 있으니 너무 억울하게 생각하지는 말아라. 너희가 머리를 굴려 가며 절도범의 죽음과 아무런 관련이 없다고 오리발을 내밀더니, 결국엔 똑똑한 경찰들 앞에서 무너지고 말았구나. 이해한다. 내가 죽었어야 하는데, 엉뚱한 놈이 대신 죽었으니 너희로서는 얼마나 황당했겠냐! 그러니 억울한 마음이 들었겠지. 목적을 달성하지도 못한 채 감옥에 가려니, 일단 경찰에겐 오리발을 내미는 수밖에 없었겠지.

너희가 나를 죽이려고 했고, 나 또한 너희를 죽이려고 했다는 공통점에서 서로 억울한 일이지만, 죽는 날까지 그 억울한 비밀을 서로 간직하고 다시는 만나지 않았으면 한다.'

그러면서 좀 전에 태우던 것들이 모두 검은 재로 변하자, 그것을 두 발로 밟는다. 주머니에서 휴대전화기를 꺼내어 어디론가 전화를 건다.

"거기 부동산이죠! 여기 집 좀 팔려고 하는데……."

– 지난여름 8월 3일 새벽 4시 –

남자가 안방에서 조용히 문을 열고 주방으로 향한다. 주변은 쥐죽은 듯 조용하고, 밖의 외등만이 빛나고 있을 뿐 지나가는 사람들의 흔적은 보이지 않는다. 앞에 있는 냉장고 문을 연다.

'어휴, 아몬드 차를 새로 만들어 놓았군. 그래, 죽기 전에 많이들 마시거라.'

그러면서 자신이 준비한 수면제 가루를 그 음료수병에 쏟아 넣는다.

'아침 식사 전 이 음료수를 마시고 모두 다시 잠이 들겠지. 그러면 지난번 쥐를 쫓는다고 미리 준비한 기름을 집에 뿌리고 불을 질러 화제가 난 것으로 꾸민다. 나를 제외한 모든 식구에게 미리 들어두었던 생명 보험금에 따라서 12억이라는 거금이 내 손에 들어온다, 이거지. 이 모든 일이 다 막내 덕분에 수월하게 진행됐으니 네가 죽기 전에 미운 아버지에게 큰 효도를 하고 가는구나. 무슨 말이냐 하면, 평소 네가 복용하는 수면제를 내가 쉽게 구할 수 있었으니 말이다. 아무렇게나 자기 방에 던져놓고 출근할 때 내가 그것을 하나하나 훔쳐서 모았거든. 그러니 이번 일은 네 공이 크다, 막내야!'

자신의 목적을 모두 수행한 아버지는 마지막으로 음료수병에 묻은 지문을 지우기 위해 입고 있던 크고 헐렁한 웃옷을 벗어 음료수병의 겉면을 닦는다. 그러고는 아무 일 없었다는 듯 조용히 고개를 좌우로 돌려 거실로 향한다. 안방으로 들어가기 전 붉은색 취침 등을 켜고 들어간다.

잠시 후, 현관문이 조심스럽게 열리며 낯선 손님이 들어온다.

"이봐, 백시현 형사! 검찰에서 무슨 연락 안 왔지?"

"예. 아마도 혐의 입증에 시간이 좀 더 걸리는 것 같습니다."

이 말에 박형규는 담배 하나를 꺼내어 입에 물고 불을 붙인다. 그것을 본 백시현이 얼른 창가로 가서 창문을 활짝 연다.

"휴. 정말 다행이지! 그 지하철역 상가 노숙인들의 범인을 잡아서. 만약 아직까지 잡지 못하고 있었다면 우리 서장님이 얼마나 방방 뜨고 우리를 못살게 들들 볶으실까! 생각만 해도 머리가 아찔하다. 안 그러냐?"

담배 연기가 싫은지 백시현은 창가 쪽으로 연신 부채질한다.

"그러게나 말입니다. 비록 우리가 범인을 잡지 못했지만, 아무튼 다행입니다. 더는 노숙인들이 억울하게 죽지 못할 겁니다."

잠시 후, 검은 먹구름이 주변으로 가득 모이며 굵은 빗줄기가 쏟아지기 시작한다. 이내 그 비는 창문을 열어놓았던 안으로 거세게

들이친다. 책상 주변을 적시자 백시현이 얼른 창문을 닫는다.

낮부터 내리는 비는 늦은 밤까지 계속해서 내렸다.

그렇게 비가 내리는 동안, 어느 지하철역 허름한 골목 문 닫은 상가 앞에 두 명의 노숙인들이 약간 취기가 오른 상태로 마주 앉아 서로 알아들을 수 없는 말로 이야기를 나누는 모습이 어렴풋이 보였다. 온몸에서 풍기는 땀 냄새를 맡은 모기들이 그에게 달려들었다. 짜증스러운 손짓으로 모기들을 쫓으며 이내 주머니에서 담배를 꺼내어 불을 붙인다. 그러던 중 언제 왔는지 경찰관 두 명이 노숙자들에게 다가왔다. 견장에는 순경 계급을 단 경찰관이 짧은 거수경례를 한다.

"실례합니다. 이런 곳에 계시면 자칫 위험할 수가 있으니 저희랑 같이 안전한 곳으로 가……."

말이 끝나기도 전에 퉁명스러운 소리를 지르며 한 노숙인이 인상을 구긴다.

"국민의 피 같은 세금으로 봉급을 받는 공직자의 바쁜 모습을 보는 것이 납세자들에게 큰 보람이 있는 일이라 생각하는데, 경찰 나리께서는 어떻게 생각하십니까?"

이 말에 뒤에 있던 경찰은 자신의 관자놀이 근육이 꿈틀거림을 느낀다.

"혹시, 낯선 사람이 음식이나 술 같은 것을 주면 절대로 드셔서는 안 됩니다. 아시겠습니까?"

두 명의 노숙인은 귀찮다는 듯 손짓을 하며 순찰차가 서 있는 곳을 가리킨다.

"알았으니 얼른 당신들 자가용 타고 가보시오……."

잠시 후, 마지막 지하철이 떠나고 주변은 가로수와 가로등이 어둠을 지키며 말없이 서 있다. 간간이 지나가는 차들도 갈 길을 재촉하듯 굵은 빗줄기에 젖은 라이트는 그 빛을 잃어간다. 동시에 어디서 왔는지 검은 우비와 검은 바지 그리고 검은 장화를 신은 한 남자가 천천히 노숙자들이 있는 곳으로 다가간다.

주변 인기척을 느낀 두 노숙인은 소리가 나는 쪽으로 고개를 돌려 또 경찰이 와서 귀찮게 하는 줄 알고 한마디 한다.

"거참, 우리가 알아서 할 테니까 당신들 일이나 하쇼!"

그러나 아무 대꾸도 없이 검은 형태의 남자는 점점 노숙인들 앞으로 바짝 들어와 조심스럽게 가지고 온 봉투를 건네려 팔을 뻗는다.

그 모습에 어리둥절한 노숙인들은 아무런 말 없이 두 눈만 끔뻑이고 있다. 그러나 그 시간은 그리 오래가질 못했다. 봉투에 들어있는 것들을 확인하자 금세 기분이 좋아졌다.

"하하. 뉘신지 모르겠으나 마침 술이 떨어져서 좀 섭섭했는데 이렇게 때마침 술과 안주를 가져오시니 고마울 따름입니다."

그러면서 웃음기 가득한 얼굴로 검은 형상의 남자를 쳐다본다.

그러자 검은 형상의 남자가 말한다.

"하하하. 그럴 것 같아서 제가 이렇게 준비를 했습니다."

고개를 들어 두 노숙인을 향해 쓰고 있던 검은 우비의 모자를 벗자, 노년의 얼굴로 옅게 웃고 있는 모습과 백발인 머리 그리고 오른쪽 눈 옆에 붙은 완두콩만한 점이 살짝 보인다.

"자, 남기지 마시고 모두 다 드세요."

− 다음날 −

"뉴스를 알려드립니다. 오늘 새벽 두 시경 지하철 1호선 상가 골목에서 노숙인 두 명이 입에 피를 토한 채 죽어있는 것을 역무원이 발견하여 신고하였습니다. 경찰에선 얼마 전 검거된 김주한 말고도 또 다른 범인이 있는 것으로 판단하고 수사에 나섰다고 합니다."

끝.

작가의 말

이 책이 나오기까지 꽤 어려운 일들이 있었습니다.

다시 한번 말씀드리자면 '추리소설'을 읽기는 쉬워도 쓰기란 참으로 어려운 소설입니다.

이 소설에서 가장 힘들었던 부분은 김주한이 63그램의 청산염을 직장에서 훔치는 과정을 형사가 밝히는 내용입니다. 단순하지만 범인으로 각인시킬 수 있는 내용이 필요한 작가는 무려 3일을 고민한 끝에 만들어낸 구성입니다.

그리고 여타 다른 추리소설과는 다르게 결론을 두 가지로 잡아 만들었습니다. 처음 생각과 예측에 좀 더 재미를 느끼고자 의도된 작가의 작은 꼼수라 말씀드립니다.

이 소설의 모티브는 상주 독극물 사건을 기반으로 작가의 상상과 필력으로 완성하였습니다.

추리소설 단골로 자리 잡은 밀실 살인이나 독극물 살인은 흔한 내용들이지만, 그것을 만들려고 제가 직접 써보니 결코 쉬운 일이 아니더군요.

아무도 읽지 않고, 아무도 듣지 못한 또는 아무도 보지 못한 이야기를 만들어 그것을 독자들께 보이려는 작가는 더욱더 분발하지 않으면 안 된다는 교훈을 늘 잊지 않고 작업에 임해야 할 것입니다.

지금 이 글이 완성된 시기는 코로나19와 그로 인한 경제적인 어려움이 동반된 힘든 과정입니다. 모든 사람이 늘 행복함을 유지하며 각자 소원하는 일들이 이루어지기를 간절히 기원합니다.

끝으로 이 책을 읽어주신 독자분들께 사랑과 고마움을 깊이 간직하겠습니다.

이승욱 올림

책이 나오기까지 도움을 주신 분들

• 늘 소외된 이웃들을 찾아 무료 짜장면 봉사를 실천하시는 와와반

점 이덕영 사장님

• 서울 유현초등학교 11회 동창생들

• 도서출판 북갤러리 임직원 여러분